KB115221

현대 마도학자

네르가시아 장편 소설

FUSION FANTASTIC STORY

THE MODERN MAGICAL SCHOLAR

현대 마도학자 4

네르가시아 장편 소설

초판 1쇄 찍은 날 § 2014년 12월 15일
초판 1쇄 펴낸 날 § 2014년 12월 22일

지은이 § 네르가시아
펴낸이 § 서경석

편집부장 § 권태완
편집책임 § 박은정

펴낸곳 § 도서출판 청어람
등록번호 § 제387-1999-000006호
등록일자 § 1999. 5. 31
어람번호 § 제1-2003호

주소 § 경기도 부천시 원미구 부일로 483번길 40 서경B/D 3F (우) 420-822
전화 § 032-656-4452   팩스 § 032-656-4453
http://www.chungeoram.com
E-mail § chungeorambook@daum.net

ISBN 979-11-04-90024-2 04810
ISBN 979-11-316-9243-1 (세트)

현대 마도학자

네르가시아 장편 소설

FUSION FANTASTIC STORY

THE MODERN MAGICAL SCHOLAR

4

현대
마도학자

THE MODERN
MAGICAL
SCHOLAR

CONTENTS

1장

초대형 시장 진출의 초석

미국 뉴저지 주에 위치한 도시 밀빌. 이곳에 초대형 고물상 마이트 사가 위치해 있다.

화수는 포항에서 배를 출발시켜 뉴저지까지 이동한 후 이곳에서 폐크레인을 비롯한 대형 장비를 구매하기로 했다.

총 20만 평에 육박하는 엄청난 크기의 고물상은 한국의 고물상과는 그 스케일부터가 달랐다.

이곳에는 폐항공기를 비롯하여 기차, 선박, 심지어 크루즈선까지 인양되어 있었다.

화수는 그런 마이트 사의 부지를 돌아보며 감탄사를 연발했다.

"우와······!"

마이트 사의 판매담당 이사인 제이슨이 그런 화수를 바라보며 미소를 지었다.

"크지요? 듣기론 한국에선 이렇게 큰 고물상을 찾아보기가 힘들다고 들었습니다."

"···그렇지요."

화수가 생각하는 고물상은 기껏해야 냉장고, 그보다 더 커봐야 자동차를 수리하거나 크레인을 개조해서 파는 것 정도이다.

설마하니 크기가 크다고 해서 항공기를 가져다 쌓아놓았을 줄은 꿈에도 몰랐다.

"이런 물건은 도대체 어디서 가지고 오는 겁니까?"

"사고 현장을 수습하고 나면 이 엄청난 고철 덩어리는 처치 곤란이 됩니다. 국가 차원에서 수습한다고 해도 어딘가에 이 물건을 실어다 놓아야 하기 때문이죠. 운반비를 비롯한 해체 비용까지, 이건 항공사의 입장에서도 문제입니다. 아무리 그들의 기술력이 좋아도 산산조각 난 비행기를 어떻게 이어붙여 팔겠습니까?"

만약 화수가 지금의 기술력보다 약 100배 정도 진보한다면 이런 분해된 항공기도 충분히 수리할 수 있을 것이다.

하지만 지금의 마력으론 그런 기술력을 낼 수가 없다.

"아무튼 대단하군요. 비행기에 기차라니……."

제이슨이 실소를 흘렸다.

"뭐, 그래 봐야 찾는 사람이 없으면 해체해서 고철 덩어리로 만들 뿐입니다. 특히나 기차의 경우엔 더 그렇지요."

지금 화수가 보고 있는 기차는 우천으로 인해 전복되었던 것이다.

동력을 담당하는 엔진 기관은 물론이고 동력 장치까지 부서져 아예 회생이 불가능한 상태라고 한다.

"지금 이 기차를 어디서 구매해 가지고 가겠습니까? 가지고 가봐야 고물 값이나 받을 텐데요."

"만약 이것을 수리해서 다시 쓸 수 있다면요?"

"그렇다면야… 좋겠지요. 하지만 그럴 수 있는 사람이 과연 있겠습니까?"

화수는 전복되었다는 기차를 바라보며 생각에 잠겼다.

'만약 이걸 내가 한국으로 가지고 갈 수 있다면……?'

하지만 이것을 한국으로 가지고 가자면 엄청난 문제점이 생길 것이다.

우선 이것을 가지고 가서 제대로 수리할 수 있는 부지가 없다.

"아무튼 오늘은 스카이 크레인을 보러 오신 것이지요?"

"예, 그렇습니다."

화수는 제이슨을 따라 초대형 중장비와 대형 장비를 함께 쌓아놓은 곳으로 이동했다.

20만 평이나 되는 고물상을 돌아다니다 보니 자동차를 이용하는 것은 필수였다.

입구에서 대형 장비가 있는 곳까지 이동하는 데 걸린 시간만 해도 무려 10분이다.

차를 몰아 도착한 곳엔 기둥이 여기저기 휘어진 스카이 크레인이 옆으로 누운 채 버려져 있었다.

곳곳에 녹이 슬어 있긴 하지만 아직까지 그 형태는 유지하고 있었다.

"작년 이맘때일 겁니다. 아파트 공사 현장에서 사용하던 스카이 크레인이 돌풍에 못 이겨 쓰러지고 말았지요."

화수는 고개를 갸웃거렸다.

"돌풍에 크레인이 쓰러지면 어쩝니까? 그런 부실한 장비로⋯⋯."

제이슨은 화수의 질문에 고개를 가로저었다.

"그건 이곳의 바람을 몰라서 하는 소리입니다. 허리케인과 함께 몰아치는 돌풍은 그야말로 상상을 초월하지요."

그제야 화수는 손뼉을 치며 수긍했다.

"아아, 그렇군요. 그러고 보니 미국은 태풍과 토네이도가 참 많이도 일어나는 곳이지요."

제이슨은 씁쓸하게 웃었다.

"그런 재난재해가 많이 일어날수록 우리의 주머니는 두둑해집니다만 집안은 초토화가 되지요. 저도 가끔 이게 도대체 뭐가 좋은 것인지 헷갈릴 때가 있습니다."

"집안과 사업이라……. 저 같으면 집안의 안정이 더 우선 것 같습니다만."

"그래요. 그런 생각이 들긴 하지요. 하지만 막상 사람이 돈을 만지게 되면 얘기가 달라집니다. 생각해 보세요. 마을 하나가 쑥대밭이 되었다. 만약 거기서 건질 수 있는 고물을 싼값이나 아예 거저 가지고 온다면……."

화수도 씁쓸한 미소를 지었다.

"하긴 그러네요."

"사장님께서 오늘 보시기로 한 자동차나 장비 역시 그런 사건들 사이에서 가지고 온 물건들입니다. 덕분에 침수 사고는 기본이고 엔진이 아예 먹통이 된 경우도 많습니다. 이런 물건들을 원형 그대로 돈을 주고 산다는 사람 자체가 드물 지경입니다."

누구에겐 쓸모없고 골칫거리인 물건이 누군가에겐 소중한 자본이 된다.

화수는 지금 보이는 스카이 크레인을 흡족한 눈빛으로 바라보았다.

"이건 얼마에 주실 수 있습니까?"

제이슨이 고개를 갸웃거렸다.

"정말 이걸 사시려고요?"

"그러니까 한국에서부터 배를 끌고 왔죠. 얼마에 주실 겁니까?"

"으음, 고철 값만 받겠습니다."

"무게만큼 돈을 받겠다는 말씀이신가요?"

"뼈대에 들어간 고철 값만 받고 나머진 서비스로 드리겠습니다."

스카이 크레인에 들어가는 강철은 생각보다 엄청난 무게를 자랑한다.

하지만 그보다 비싼 것은 엔진이나 도르래 시스템이니 만약 이것을 수리해서 판다면 엄청난 이득이 남게 될 것이다.

"좋습니다. 오늘 당장 계약하시죠."

"알겠습니다. 사무실로 가셔서 계약서에 서명하시면 물건을 내어드리겠습니다."

화수는 크레인이 즐비한 이곳에서 눈을 떼지 못했다.

"만약 여기서 물건을 더 구매한다면 가격을 조금 깎아주실 수 있으신지요?"

"원형 그대로 말입니까?"

"그렇습니다. 포클레인이나 불도저 같은 물건을 몇 개 더 구매할 테니 깎아주셨으면 좋겠는데요."

제이슨은 손에 턱을 괴고 생각에 잠겼다.

"으음……."

"안 되겠습니까?"

"그럼 이렇게 합시다."

그는 저 멀리 보이는 자동차더미를 가리켰다.

"듣자 하니 한국에서 중고 자동차도 취급하신다고 들었습니다. 저기서 고급차만 추려서 좀 더 드리겠습니다. 어떠십니까?"

"덤으로 외제차를 주신다고요?"

"그렇습니다. 어차피 우리 입장에선 부품 값이나 좀 받아먹을 수 있을까 모아둔 것이지, 그렇게 큰 의미가 없는 물건입니다. 그러니 서비스로 드려도 큰 문제가 없지요."

이들에겐 고물이라니 물건을 꽤 많이 줄 듯했다.

그렇다면 제값을 주고 사도 화수에겐 그다지 손해가 아니다.

"좋습니다. 그럼 그렇게 하시죠."

오늘 대형 고물상에 들어와 제대로 수지맞은 화수였다.

미국의 고물상에서 무려 15억 원어치이나 되는 물건을 사 가지고 한국으로 돌아온 화수는 대형 장비를 수리할 수 있는 기술자들을 섭외했다.

대형 포클레인부터 불도저, 스카이 크레인까지 그 종류도 다양하고 복잡했다.

전희수의 소개로 이수자원에 들어온 중장비 기술자들은 이곳저곳 휘어진 스카이 크레인을 바라보며 고개를 가로저었다.

"이건… 엔진을 손봐도 제대로 팔아먹기 힘들겠는데요?"

"너무 많이 휘어져서 그렇습니까?"

"스카이 크레인이 공사장에서 제 능력을 발휘하자면 똑바로 서 있는 것이 가능해야 한데 이건 그게 안 되지 않겠습니까?"

화수는 고개를 저었다.

"철을 곧게 펴는 것은 제가 알아서 하겠습니다. 여러분께선 제가 부속을 모두 고쳐서 가져다 드리면 제대로 조립하고 정비하는 겁니다. 그럼 괜찮겠지요?"

"뭐, 그건 그렇습니다만……."

그는 열 명이나 되는 기술자를 독려했다.

　"자자, 이러지 마시고 작은 것부터 해치웁시다. 포클레인과 같은 물건은 부품만 가져다 드리면 금방 정비하시겠지요?"

　"그렇지요. 중장비라는 것이 덩치만 크지 구조는 비슷하거든요."

　"좋습니다. 오늘 오후까지 부품들을 구해다 드릴 테니 제대로 정비해서 시장에 내어놓을 수 있도록 열심히 해주십시오."

　"물론이지요."

　화수는 먼저 중장비들의 부품을 수리하기 위해 고물상으로 향했다.

＊　　　＊　　　＊

　이수자원에서 매입한 고물상 부지 이외에 화수는 자신 혼자 사용할 공간으로 약 400평 정도 확보했다.

　400평이나 되는 공간에 조립식으로 된 가건물을 세운 화수는 그곳에 초대형 마나용광로를 설치했다.

　높이 15미터에 전폭 3미터의 초대형 마나용광로는 길이 제한 없이 물건을 재생시킬 수 있는 것이 특징이다.

　공장 가두리를 에둘러 설치한 컨베이어벨트는 전폭 3미터에 달하는 물건을 싣고 마나용광로를 거쳐 계속해서 순환하게 된다.

이 과정에서 고철을 비롯한 장비의 파편이 원래의 모습으로 복원되어 만들어지는 것이다.

그러니까 화수는 아무리 큰 물건이라도 초대형 마나용광로에 집어넣으면 원래대로 형태를 잡아갈 수 있도록 만든 셈이다.

그는 오늘 기술자들에게 약속한 부품들을 완성시키기 위해 중장비들을 해체하고 그 겉과 속을 이루는 부품들을 용광로에 집어넣었다.

츠츠츠츠츠츠!

현재 화수의 마력은 5서클 마스터.

이제 슬슬 마나 신경 체계를 스스로 구축할 수 있는 경지이다.

이것을 일반적인 마법사들에게 적용시킨다면 아마도 날씨를 자유자재로 조종할 수 있는 능력 정도가 될 것이다.

1미터짜리 기둥이 용광로를 통과해 순환 방식 재생에 완벽히 성공자하면 약 1시간에서 1시간 30분이 소요된다.

그러니 대형 포클레인쯤은 3시간이면 충분히 수리하고도 남는다는 소리다.

물론 이것을 제대로 수선해서 조립하는 데 걸리는 시간은 짧게는 이틀, 길게는 일주일까지 소요된다.

아무리 마법으로 부품을 완성시킨다고 해도 그것을 수리하는 것은 인간이다.

조립과 수선은 마법이 적용될 수 없는 부분이기 때문에 당연히 모든 것을 수작업으로 해야 한다.

당연히 시간이 오래 걸릴 수밖에 없다.

기계가 돌아간 지 약 3시간 남짓, 화수는 만족스러운 결과를 가지고 온 초대형 용광로를 바라보며 미소를 지었다.

"좋아, 좋아. 잘되어가는 것 같군. 이대로라면 스카이 크레인을 수리하는 데 그리 오래 걸리지는 않겠어."

가장 걱정되던 부분이 해결되었으니 이젠 클라이언트만 찾으면 될 것이다.

그는 계속해서 용광로가 돌아가도록 설정한 후 곧장 경리부로 향했다.

＊　　　＊　　　＊

나사에서 진행하고 있는 탐사 로봇 개발은 언제 끝날지 그 끝을 알 수 없는 초장기 프로젝트이다.

그래서 연구원들에게도 개인 시간이 필요할 때가 많았다.

이종면은 열효율 60%의 엔진을 완성하기 위해 개인적인 시간을 할애하고 있었는데, 이것 역시 그런 맥락과 같은 것이다.

일요일 오후, 그는 이수자원의 고물상 부지를 찾아 화수와 함께 고효율 연비 가솔린 관에 대해 논의하고 있었다.

"요즘 40% 대의 자동차가 만들어지고 있다는 소리를 들었습니다. 알고 있습니까?"

화수는 고개를 끄덕였다.

"물론이지요. 압축 방식에서 고열효율을 발생시킨다고 하더군요."

화수는 이종면과 신형 엔진에 대한 연구를 진행 중이었는데, 두 사람은 주말이면 모여 이렇게 엔진을 만드는 데 몰두했다.

그들은 열효율 60%의 자동차를 만드는 것이 최종 목표이다.

그래서 틈만 나면 이 부분에 대한 자료를 모아서 자신들의 것으로 만드는 것이 일상처럼 되어버렸다.

화수는 자신이 할 수 있는 최선을 다해 설명했다.

"만약 제가 열 손실을 최소한으로 할 수 있는 물질을 만들어낸다면 어떻게 될까요?

"물질이요?"

"이를테면 이런 구조입니다."

그는 화이트보드에 그림을 그려 나가기 시작했다.

"압축 과정부터 연소까지 이르는 일련의 과정을 거치는 동안 매연이 하나도 생기지 않는 것이지요."

"매연이 생기지 않는다?"

"예, 그렇습니다. 스스로 매연을 정화시키는 시스템을 구축한 후 단 한 번의 점화와 폭발로 최소 10회에 달하는 순환 에너지를 만들어내는 것이지요."

이종면은 고개를 가로저었다.

"에이, 그런 것이 가능할 것 같았으면 벌써 열효율 100%의 차가 나오고도 남았지요."

"믿기지 않는 모양이군요."

진지한 화수의 표정. 그는 그제야 화수의 설명이 허언이 아님을 깨달았다.

"설마하니 그런 것이 가능한 물질이 존재하겠습니까?"

화수는 고개를 끄덕였다.

"물론입니다. 단 한 번의 점화로 완벽하게 아무것도 남지 않는 완전 연소에 도달하는 기술을 실현하는 것이지요. 그리고 또한 엔진의 순환 열로 인한 과열까지 제대로 잡아낸다면……."

이종면은 가슴이 벅차오른다는 듯 눈을 반짝였다.

"…희대의 발견이 될 겁니다. 만약, 정말 만약 그렇게만 된다면 말입니다."

그러면서도 그는 최대한 조심스럽게 가설을 세우고 있었는데, 화수는 그런 가설에 힘을 실어주었다.

"잘 보십시오."

그는 가솔린에 불을 붙인 후 그것이 매캐한 연기를 만들어내도록 했다.

그리곤 그 위로 파란색 철을 올려놓았다.

타다다다다닥!

파란색 철은 지속적으로 가솔린이 만들어내는 연기를 흡수하고 있었는데, 그것은 곧장 수증기로 바뀌고 있었다.

"어, 어어……?!"

이종면은 말을 잇지 못한 채 입만 뻥긋거렸다.

"이건 연기를 흡수시켜 수증기로 바꾸는 일명 '녹황철'이라는 물질입니다. 여기에 순환계만 제대로 잡아준다면 냉각과 배기로 날리는 열손실을 잡을 수 있지요."

화수는 녹황철 위에 초록색 박스를 올려놓았다.

"이건 내부 열을 순환시킬 수 있도록 열을 보관하면서도 그 열을 밖으로 배출시키지 않고 간직하는 역할을 합니다. 이를테면 보온도시락이 열기를 간직하면서도 그것을 잡는 사람의 손이 데지 않도록 하는 원리지요. 이렇게 된다면 엔진은 서서히 열을 식히면서도 밖으로 열을 분출하지 않게 되는 것이지요."

"이, 이럴 수가……!"

그는 화수가 제시한 신물질을 바라보며 연신 믿을 수 없다는 듯 탄성을 질러댔다.

하지만 아직 놀라기엔 일렀다.

"만약 여기서 열이 너무 많이 생성되어 문제가 된다면 그것을 나누어 저장할 수 있는 저장장치를 만들어 열효율을 극대화시키면 됩니다. 이렇게 말이죠."

화수는 녹황철 박스의 한 부분을 동그랗게 뚫은 후 그곳을 붉은색 고무로 된 호스와 마개로 단단히 막았다.

"이건 열에 강한 절연성 고무입니다. 불을 붙여도 절대로 녹지 않지요."

그는 고무에 불을 붙여보았지만 여전히 불은 붙지 않는다.

"이런 호스와 마개를 설치한 후 엔진 룸 하부에 작은 열 저장 공간을 만드는 겁니다. 이곳에 열에너지를 저장하고 과열된 열은 방출시켜 안정을 얻는 것이지요."

"…그럼 빠져나가는 에너지는 버리는 겁니까?"

화수는 고개를 가로저었다.

"100% 버리는 것은 아닙니다. 열에너지로 충전이 가능한 전지를 설치해서 전력을 공급하는 겁니다. 그렇게 된다면 에너지를 상당히 효율적으로 사용할 수 있겠지요."

이종면은 화수의 환상적인 물건들을 바라보며 적지 않은 충격에 빠진 듯했다.

"…이 물건들은 언제쯤 상용화가 될까요?"

"확실한 것은 저도 장담할 수 없습니다만, 적어도 한 달 안에 만들어낼 수 있지 않을까 합니다."

이번엔 화수가 그에게 물었다.

"이런 구조로 엔진을 만든다면 열효율이 몇 퍼센트까지 올라갈까요?"

이종면은 아무런 망설임도 없이 답했다.

"제가 장담하건대 이런 구조의 엔진이라면 아무리 못해도 열효율 80%는 너끈히 가능할 겁니다."

"최대로 잡자면……."

"95%~97%까지 살릴 수 있습니다. 이 정도 효율이라면 자동차뿐만 아니라 더 큰 물건도 쉽게 움직일 수 있을 겁니다."

"이를테면 기차 같은 것 말입니까?"

이종면이 무릎을 쳤다.

"그렇지요. 기차도 아주 효율적으로 굴릴 수 있을 겁니다. 또한 비행기와 선박 역시 그런 원리로 움직일 수 있습니다. 이건… 연비계의 혁신, 아니, 혁명이나 다름없어요!"

잔뜩 상기된 이종면을 바라보며 화수가 물었다.

"제가 만약 이런 물건들을 완성해 드린다면 교수님께서 순환 체계를 구축하고 가스 재활용 시스템을 만들어주실 수 있겠습니까?"

그는 흔쾌히 고개를 끄덕였다.

"물론입니다. 밥상이 다 차려져 있는데 밥을 못 먹을 이유가 없지요."

"좋습니다. 그렇다면 제가 다음 달까지 엔진에 들어갈 부품을 완성시켜 박사님께 전달하겠습니다. 그땐 그것을 가지고 박사님께서 연구를 해주시면 됩니다."

"알겠습니다."

이종면은 잔뜩 상기된 얼굴로 화수에게 말했다.

"이건 혁명입니다! 항공우주 분야에서도 분명 각광받는 물질이 될 겁니다!"

"과찬이십니다."

그는 거세게 고개를 흔들었다.

"과찬이라니요. 당치도 않습니다. 이건 노벨상 감이란 말입니다!"

화수의 손을 잡은 이종면이 말했다.

"전 앞으로 사장님만 믿고 가겠습니다. 부디 좋은 물건 많이 만들어주십시오."

"물론이죠."

두 사람의 연구가 새로운 국면으로 접어들었다.

*　　*　　*

포클레인은 물론이고 스카이 크레인까지 완벽하게 재구성한 화수는 이것을 가지고 대형 장비 기술자들을 찾았다.

일주일도 채 되지 않아 모든 것을 완벽하게 재구성한 화수를 바라보며 그들은 연신 감탄사를 뱉어냈다.

"세상에! 이렇게 재생 능력이 뛰어난 사람이 있다는 소리는 처음 들어보는군요!"

마나용광로에서 뽑아낸 부품과 강철 빔은 예전의 모습 그대로를 간직하고 있어 도면만 있다면 충분히 조립이 가능할 것 같았다.

"아무리 중고라곤 해도 형태가 남아 있다면 살릴 수 있습니다. 제가 지금까지 물건을 고쳐 온 원리는 다 그런 것이지요."

"아무튼 잘은 몰라도 이것을 가지고 조립을 할 수 있게 된 것은 확실합니다."

기술자들은 자신들이 앞으로 고생할 일은 생각하지 않는 듯했다.

자신들끼리 계속해서 재생의 완벽도에 대해 논하면서도

앞으로의 발전 가능성에 대해 시사했다.

"혹시 다른 장비들 역시 재생이 가능하신지요?"

"예, 그렇습니다."

"그렇다면 아예 대형 장비를 갖춰서 렌탈 사업이나 건설 회사를 차려보는 건 어떠십니까?"

"중장비를 팔아먹는 것에 그치지 않고 빌려준다?"

"지금 사장님께선 철거도 함께하시니 그쪽에 인맥이 있을 것 아닙니까?"

"그렇긴 하지요."

"그렇다면 그 인맥을 동원해서 장비를 렌탈하거나 아예 회사를 새로 차리는 것도 나쁘지는 않다고 봅니다."

그들이 이렇게까지 말하는 것을 보면 부품의 수준이 생각보다 더 뛰어난 모양이다.

그렇지 않다면 이렇게까지 화수를 띄워줄 리 없었다.

"알겠습니다. 그쪽으로도 한번 생각을 해보겠습니다."

"꼭 그렇게 하십시오. 이 기술이 그냥 중고 기계를 파는 데 그치지 않고 앞으로 뻗어 나갔으면 하는 바람이 있습니다."

"그렇게 되도록 노력하겠습니다."

그 어떤 누구라도 자신의 분야에 대해서 아주 혁신적인 것을 발견하면 그 흥분감을 감추기 어려운 모양이다.

중장비 기술자들 역시 새로운 물질을 접한 이종면처럼 흥분된 마음을 감추지 못했다.

화수는 그런 그들에게 수리 기간에 대해 물었다.

"이것들을 모두 재수선하고 조립하는 데 얼마나 걸리겠습니까?"

"넉넉잡고 이 주일만 주십시오. 그 안에는 조립해서 광택까지 내놓겠습니다."

"좋습니다. 이주일 후엔 앞으로의 사업 방향에 대해 다시 조언을 얻었으면 합니다. 그래도 되겠지요?"

"물론입니다. 아니, 오히려 저희에겐 영광이지요. 이런 기회가 어디 흔하게 찾아오겠습니까?"

연구원으로서의 행복은 아마 이런 순간에 찾아오는 모양이었다.

* * *

미국에서 가지고 온 자동차들의 퀄리티는 말레이시아에서 가지고 온 물건의 20%도 채 안 되어 보였지만 사실상 그 속을 뜯어보니 보물단지나 다름없었다.

한국에서 외제차의 부품 값이 비싼 이유는 순전히 외제차 딜러들이 중간에서 이득을 너무 많이 챙기기 때문이다.

심지어는 90%에 달하는 바가지를 씌우고 판매하면서도 부품을 교체하는 데 무려 한 달이 족히 걸린다.

　이것은 오래전부터 내려져 오는 업계의 관행 같은 것으로, 요즘 사회에선 이것을 없애기 위한 조짐이 보이고 있다.

　하지만 이런 중간 과정이 없는 미국의 경우엔 부품 값이 한국의 10%에도 채 미치지 않는다.

　그렇기 때문에 그들은 자동차를 분해해서 팔아도 한국처럼 이문이 남지 않는 것이다.

　미국에서 물건을 가지고 온 화수는 그 안을 뜯어보곤 웃음을 짓지 않을 수 없었다.

　"…이건 뭐 완전 상 노다지군. 이렇게까지 멀쩡한 부품들을 그냥 폐차시키려 했다니 팔자 한번 좋군."

　화수는 구하기 위해 며칠 동안 찾아다녀야 할 물건들이 미국 제품엔 그대로 달려 있었다.

　남의 나라에선 애물단지로 여기는 물건이 한국에 와서 신줏단지로 바뀐 것이다.

　그는 외형만 복원하고 남은 부품들을 마나용광로에 살짝 돌린 후 직원들에게 보여주었다.

　그들은 자신들이 뼈 빠져라 재생시켜 쓰는 부품들이 그냥 버려지는 실태를 눈으로 직접 보곤 탄식을 내뱉었다.

　"이런……! 이럴 것 같으면 우리에게나 주지!"

"만약 이런 것들을 가지고 와서 팔면 어떻게 될까요?"

"상태를 봐선 B급이지만 조금만 손보면 금방 A급으로 바뀔 겁니다. 당연히 대접을 받겠지요."

"으음……."

"차라리 이참에 그 고물상과 제휴를 맺어 주기적으로 자동차를 가지고 오시지요. 이제 보니 이들이 효자가 될 수도 있겠습니다."

지금까지 화수는 대부분의 고급 외제차를 말레이시아에서 들여오고 있었다.

하지만 그곳보다는 역시 세계 최고의 강대국인 미국에서 물건을 떼어다 수리해 파는 편이 나을 것 같았다.

통관 절차가 조금 복잡해서 그렇지, 잘사는 것으로 치면 미국을 따라올 나라가 없다.

들여오는 것이 까다롭지만 일단 들여오면 대박이 날 테니 그만한 수고는 충분히 감수할 만했다.

"그렇다면 부품을 제대로 확인해 주시고 가격을 매겨주실 기술자들이 계십니까? 보수는 충분히 드리겠습니다."

"미국으로 출장을 가는 겁니까?"

"예, 그렇습니다."

기술자들이 앞다투어 손을 들었다.

"제, 제가 가겠습니다!"

"아닙니다! 제가 가겠습니다!"

미국이라는 큰물에서 식견을 쌓을 수 있는 일이 어디 그렇게 흔하겠는가?

때문에 기술자들은 너도나도 미국에 가겠다고 손을 든 것이다.

화수는 그런 그들에게 자체 심사를 거쳐 지원자를 뽑아 올리도록 했다.

"내일 아침까지 미국으로 갈 기술자분들을 추려서 저에게 통보해 주십시오. 준비되는 대로 출발할 겁니다."

"예, 알겠습니다."

화수는 본격적으로 미국과의 교역을 준비했다.

*   *   *

다시 찾은 미국.

제이슨은 두서없이 찌그러진 자동차를 수입하겠다는 화수를 바라보며 고개를 갸웃거렸다.

"정말 이렇게 계속 가져다 팔아도 뭔가 남긴 남는 것이겠지요?"

"그게 무슨 말씀이십니까?"

"아니, 사업이라는 것이 분명 뭔가 남아야 유지되는 것 아니겠습니까? 그런데 이건 좀……."

화수는 쓰게 웃었다.

"하하, 제가 바보가 아닌 이상 남지도 않는 장사를 하겠습니까?"

"하긴 그렇긴 합니다만……."

두 사람은 산더미처럼 쌓여 있는 자동차들을 바라보았다.

"이 중에서 마음에 드는 물건을 골라서 가지고 가도 상관은 없지요?"

"그렇지요."

화수는 한국에서 잘 팔리는 물건을 추리기 시작했다.

차는 그 나라만의 특성을 가지고 있는데, 미국산 차량은 대부분 두껍고 무거운 강판을 사용한다.

게다가 묵직한 차체를 자유자재로 컨트롤할 수 있는 강력한 마력의 엔진을 장착하기 때문에 탄력 주행에 유리한 면이 있었다.

차체가 무겁고 강판이 두껍다 보니 출발이 느리다는 단점이 있지만 부드러운 코너링과 고속주행 시 탄력을 더 잘 받는 장점이 있었다.

하지만 이런 장점들은 한국에서는 오히려 독으로 작용했다.

차가 무겁다는 것은 어쩔 수 없이 큰 엔진을 사용할 수밖에 없는데, 그렇게 되면 비교적 소음이 크기 때문이다.

또한 스타트가 느린 차량은 잘 안 나간다고 생각하기 때문에 비교적 인기가 적은 편이다.

물론 요즘은 디젤 기술이 좋아져서 소음이 적은 차를 많이 만들어내고 있지만 아직도 한국에선 부드럽게 잘 나가는 차가 대세다.

"아X디 A6와 벤X사의 S클레스와 C클레스를 전량 구매하겠습니다."

"전량 다요?"

"예, 그렇습니다."

"으음, 다른 차량은요?"

"다른 차량은 트럭이나 중장비로 가지고 갈 겁니다. 가능하겠습니까?"

그는 흔쾌히 고개를 끄덕였다.

"좋습니다. 모두 40대가 조금 넘네요. 가격은 저번과 비슷하게 맞춰드리면 되지요?"

"그래주시면 감사하지요."

자가용 차량을 모두 다 구매한 화수는 이제 대형 장비로 눈을 돌렸다.

저번에 본 기차가 눈에 들어왔다.

"저 기차는 언제 전복되었다고 했지요?"

화수가 보고 있는 기차는 척 보기에도 상태가 그다지 좋아 보이진 않았다.

"으음, 저번 허리케인이 북상했을 때 전복되었으니까 1년이 조금 안 되었네요."

화수는 문득 기차의 가격이 궁금해졌다.

"이건 얼마에 팝니까?"

제이슨은 고개를 살짝 들어 올려 기차의 가치를 대략적으로 계산해 보았다.

"한… 5만 달러 정도? 그 정도 하지 않겠습니까? 그것도 기관차만 그렇고 화차는 5천 달러도 못 받을 것 같군요. 이걸 다 판다고 해도 10만 달러도 채 나오지 않을 것 같은데요."

"기관차 한 대에 화차 열 대의 가격이 10만 달러라……. 이것도 고철 값만 받는 셈이군요?"

"딱 봐도 오래되어 보이지 않습니까? 이걸 재생시켜 쓸 수는 없을 테니 고철로 만들어 팔아야지요."

"만약 제가 이것을 구매한다면 조금 더 싸게 주실 수도 있겠군요?"

"하하, 구매하신다면야 그럴 수 있지요."

한화로 약 1억에 기차를 인수한다면 과연 어떨까 하는 생각을 해보는 화수다.

"아무튼 알겠습니다. 물건은 4일 후에 선적하겠습니다."

"그러시죠."

돌아서면서도 화수는 기차에서 눈을 떼지 못했다.

2장

열효율을 잡아라

루야나드 대륙은 대부분의 생활용품이나 발명품을 마법에 의존한다.

그렇기 때문에 과학과 같은 실학보단 마법과 같은 초자연적인 문명이 발달할 수밖에 없었다.

이것은 문명의 고도화를 이룩할 수 있는 아주 좋은 기회가 되기도 하지만, 반대로 퇴보로 향하는 지름길이기도 하다.

최첨단으로 향하는 과학기술을 발전시키지 않는 마법문명은 그만큼의 발전 속도를 저버리기 때문이다.

하지만 화수와 같이 양쪽 문명을 모두 다 아우를 수 있다면 엄청난 시너지를 얻게 된다.

화수는 이종면에게 보여준 녹황철과 타지 않는 고무, 일명 무연고무를 만들어냈다.

이것은 원래 루아나드 대륙의 극지방에 사는 민족들이 생존을 위해 만들어낸 마법의 산물로, 자연재해를 효과적으로 막아내는 게 목적이었다.

그러나 이것을 현대 기술에 도입시키면 상상을 초월하는 물건을 만들어낼 수 있었다.

화수는 녹황철과 무연고무를 가지고 이종면 교수의 연구실을 찾았다.

그는 이미 열손실을 최소화시킬 수 있는 엔진 설계도를 약 30%가량 완성시킨 상태였다.

이종면은 화수가 가지고 온 녹황철과 무연고무의 성능을 다시 한 번 실험해 보았다.

철을 가열하거나 냉각시키고 무연고무는 열에 얼마나 견딜 수 있는지 확인해 본 것이다.

"산업안전 기준의 50배라니⋯ 이건 일반인의 범주에선 아예 상상조차 할 수 없는 수치입니다."

"이것으로 열효율이 높은 엔진을 만들 수 있겠지요?"

"물론입니다. 설계도면이 완성된다면 우리가 원하는 엔진을 만들어낼 수 있을 겁니다."

완전 연소가 가능한 시스템을 만든다면 공해를 만들어내지 않는 선에서 차를 굴릴 수 있게 될 테니 정부의 에코산업에도 완벽하게 부합되는 프로젝트가 될 것이다.

하지만 문제는 이것을 과연 자동차업계에서 가만히 놓아둘까 하는 점이다.

"과연 이걸 만들어서 실용화시킬 수 있을까요?"

"아마 산업안전 기준이니 뭐니 하며 태클이 심하게 들어오겠지요."

이 프로젝트를 수행시키자면 우선 자동차업체와 연계되어야 한다.

만약 그것이 불가능하다면 자동차업체를 인수해서 공장을 만들 수밖에 없었다.

하지만 그렇게 하자면 엄청난 금액이 들 테니 이 또한 쉽지 않았다.

이종면은 한국 시장의 독과점에 효과적으로 대응할 수 있는 대안을 제시했다.

"우리가 노릴 곳은 한국이 아니라 유럽입니다. 그곳은 이미 하이브리드 시장이 활성화되어 있기 때문에 편견 없이 차를 사줄 겁니다."

"공장은요?"

"동남아시아나 인도 회사를 하나 인수하는 방법이 있습

니다."

"차를 찍어서 유럽으로 날리자는 말씀이시군요?"

"그렇습니다. 자본금이 적은 회사들은 세계 시장에서 살아남기 힘듭니다. 차량을 많이 수입하는 동남아시아이니 분명 싸게 나온 매물이 있을 겁니다."

그의 계산은 아주 철저하고 정확했다.

동남아시아는 싼값에 인력을 수급할 수 있으며 원자재 역시 효율적으로 조달할 수 있었다.

그러니 공장만 동남아에 세우고 영업은 유럽에서 할 수 있는 원동력이 되는 셈이다.

"듣자 하니 동남아시아에 기반을 가지고 계시다고 들었습니다. 그곳의 인맥을 이용하면 좋겠는데요."

"물론입니다. 회사 하나를 인수하는 것은 그리 어렵지 않을 겁니다. 하지만 문제는 돈입니다."

"으음, 자금이 부족하다는 얘기지요?"

"네, 그렇습니다."

원래 이종면은 고열효율 자동차를 만드는 것만으로도 충분하다고 생각하는 사람이다.

하지만 이것을 남에게 그냥 줄 수는 없으니 실용화시켜 자신이 팔 수밖에 없다.

그래서 그는 팔자에도 없는 사업전선에 뛰어들 수밖에 없었던 것이다.

"제가 투자자를 구해보겠습니다."

"외부 자본을 유치하자는 말씀이십니까?"

"우리가 가진 이 기술력이라면 반드시 투자해 줄 사람이 나타날 겁니다."

매력적인 얘기이지만 화수는 고개를 가로저었다.

"아닙니다. 그렇게 되면 안팎으로 시끄러워질 수밖에 없어요."

"하지만 우리가 지금 당장 그렇게 큰돈을 어디서 구한단 말입니까?"

화수는 한 가지 묘안을 생각해 냈다.

"만약에 말입니다, 우리가 민간철도를 운영하면 어떻게 될까요?"

"민간철도요?"

"정부에선 폐노선을 민영화시키는 방안을 검토하고 있다고 들었습니다. 그들에게 입찰을 넣고 오로지 물류를 위한 기차를 운영하면 어떨까요?"

그는 고개를 가로저었다.

"그렇게 하자면 국회를 통과해야 하는 등의 문제가 생길 텐데요?"

"그래요. 문제는 생기겠지요. 하지만 그게 가능하다면 굳이 동남아의 회사를 인수할 필요 없이 한국 계열 회사를 인수할 수도 있을 겁니다."

이종면은 살며시 고개를 좌로 꺾었다.

"한국 계열 자동차 회사라면……."

"한국에도 망한 회사가 몇 개 있지 않습니까? 아직도 중국이나 유럽의 회사들이 회사를 인수했다가 팔려는 움직임을 보이고 있다고 합니다. 그러니 타이밍만 잘 맞는다면 아주 불가능한 얘기도 아니죠."

"으음……."

"그것도 어렵다면 아예 회사를 하나 설립하는 것도 방법일 겁니다."

그는 또 하나의 문제점을 지적했다.

"만약 이것이 다 이뤄진다고 가정합시다. 하지만 기차는 어디서 구합니까?"

화수는 빙그레 미소를 지었다.

"다 방법이 있습니다. 만약 제가 기차를 구해온다면 같이 정비를 해주실 의향은 있으십니까?"

"기술자들을 모아드릴 수는 있지요."

그는 흔쾌히 고개를 끄덕였다.

"그럼 되었습니다. 제가 기차를 구해올 테니 교수님께서 저를 좀 도와주십시오."

오랜 숙원 사업을 펼칠 이 시기에 서로 돕는 것은 당연한 일이다.

이종면은 한껏 고무된 얼굴로 화수를 바라보았다.

"최선을 다해보겠습니다."

"감사합니다."

이종면과 악수를 나눈 화수는 다시 미국 마이트 사로 향했다.

*   *   *

마이트 사 제이슨 이사는 정말로 현금 1억을 가지고 온 화수를 바라보며 고개를 좌우로 흔들었다.

"정말로 이걸 사시려고요?"

"물론입니다."

"이걸 사서 뭘 어쩌시려는 겁니까? 주물로 녹여서 파시게요?"

화수는 고개를 가로저었다.

"이걸 개조해서 사용할 겁니다."

"기, 기차를 굴린다고요?"

"네, 그렇습니다."

철도의 민영화는 이미 시민들의 반대로 거의 무산에 가까울 정도로 멀어진 사업이다.

그런 가운데 화수가 철도를 사용하는 것이 과연 가능할지는 조금 더 두고 볼 일이다.

"아무튼 기차를 파실 생각은 있는 것이지요?"

"물론 돈이 된다면 팔아야지요. 하지만……."

화수는 제이슨이 무슨 생각을 하고 있는지 이미 알고 있었다.

"안심하십시오. 제가 이것을 구매해서 손해를 볼 일은 아마 없을 겁니다. 저도 가능성이 없는 카드에 목숨을 걸지는 않거든요."

"뭐, 그렇다면 안심입니다만……."

"만약 이것을 인수해서 제가 대박이 나면 마이트 사에 조금 더 많은 물량을 구매하겠습니다. 그땐 조금 더 싸게 주실 수 있지요?"

화수의 장난 섞인 질문에 그는 실소를 흘렸다.

"하하, 만약 그렇게 된다면 아주 싼값에 드려야지요. 우리 회사의 VIP이신데요."

"고맙습니다."

"별말씀을요."

화수는 제이슨이 들고 있는 마이트 사 지도를 바라보며 물었다.

"그리고 또 한 가지 부탁이 있습니다."

"말씀하시죠."

"듣자 하니 유럽의 폐노선을 이곳에서 철거했다고 들었습니다."

"그렇지요."

"그 폐철도선을 저에게 파실 수 있겠습니까?"

"레일을요?"

"예, 그렇습니다."

제이슨이 놀라며 물었다.

"아예 레일까지 깔아서 사용하실 생각이십니까?"

"부식된 노선은 갈아야지요. 그래야 기차가 굴러갈 테니까요."

"…정말 기차를 굴리실 작정이시군요."

"남자는 한입으로 두말을 하지 않는 법이지요."

제이슨은 호쾌하게 화수의 부탁을 들어주었다.

"좋습니다. 그렇게 합시다. 기차를 가져다 드릴 때 레일까지 함께 드리겠습니다."

"레일 값은 한국에서 치러도 상관없겠지요?"

"물론입니다."

화수는 기차를 싣고 갈 배를 알아보기 위해 항구로 향했다.

삼 일 후, 화수는 평택에 있는 항구에서 기차를 받아 CY까지 가지고 올 수 있었다.

평택에 도착한 후에는 30톤짜리 기관차 한 대와 20톤짜리 화차 열 대를 따로 나누어 대전으로 향했다.

대전에 위치한 개인 작업장에 기차를 선적시키는 화수를 바라보며 고물상 직원들이 고개를 갸웃거리며 물었다.

"이건 다 뭐에 쓰시려고 사신 겁니까? 카페라도 차리시려고요?"

"아니요. 고쳐서 쓸 겁니다."

"네?!"

한때 한국에선 폐기차를 경매해서 민간에게 판 적이 있었다.

오래된 노선을 폐기처분하면서 고물상을 비롯한 민간에게 기차를 공급한 것이었는데, 고물상이 아닌 민간 구매자들은 대부분 이것을 카페로 활용했다.

객차 자체가 카페로 만들기 아주 적합하게 생겼기 때문에 겉면만 잘 개조하면 분위기 있고 운치 있는 카페로 탈바꿈할 수 있었던 것이다.

하지만 그것도 아닌 고물상에서 기차를 구매하면 그저 단순히 고물로서의 가치밖에 남지 않는다.

카페로 쓸 것도 아니고 이것을 고쳐서 쓴다니 직원들은 연신 고개를 갸웃거렸다.

"기차를 고쳐서 도대체 어디에 쓰신다는 것인지⋯⋯."

"어디에 쓰긴요. 민간철도를 만들면 되지요."

직원들은 혀를 찼다.

"허어! 민간철도를 만든다고요?"

"못 만들 것도 없습니다. 기차만 제대로 굴러간다면 폐노선에 레일을 깔고 달리면 되니까요."

그들이 생각하기에 지금 화수가 벌이는 이 행동은 그저 공상이나 망상에 지나지 않았다.

애초에 그가 처음 자동차를 고쳐 팔기 시작한 것도 하나의 몽상에서 시작한 행운이라고 생각하고 있었다.

"사장님께서 그렇게 생각하신다면야⋯⋯."

사실 기차 가격은 그리 비싼 편은 아니지만 이것을 굴리는 데 들어가는 돈은 엄청나다.

그렇게 생각하면 지금 이 행동은 그야말로 '돈지랄'이라고밖에 생각되지 않는 것이다.

이런 시선을 이미 예상하고 있던 화수이기에 대수롭지 않게 직원들에게 지시했다.

"철거 장비들을 이쪽으로 가져다주십시오. 제가 혼자서 기차의 강판을 떼어내고 내부 수선 작업을 하겠습니다."

"그러시죠."

화수는 본격적으로 기차 수선 작업에 착수했다.

＊　　　＊　　　＊

기차는 주동력을 담당하는 기관차와 승객을 싣는 객차, 짐을 싣는 화차로 나뉜다.

지금 화수가 수주한 기차는 디젤 엔진으로 된 기관차에 사람을 태우는 객차 한 대, 그리고 화차 아홉 대로 이뤄져 있다.

그러니까 지금 화수가 만들 이 기차는 승객을 싣고 달리는 객차의 용도보단 화물을 싣고 달리는 화차로서의 가치만 있는 셈이다.

기차를 수선하는 가장 첫 번째는 우선 화차를 이끌고 달릴 기관차를 분해하는 것이었다.

수해로 인해 기차에 물이 다 차올랐기 때문에 내부의 모든 인테리어를 분해시키고 그 밖의 강판을 탄탄하게 펴는 것이 첫 번째 작업이다.

화수는 마나용접기로 내부에 있는 편의 시설을 차례대로 분리하기 시작한다.

치지지지지직!

파란색 불꽃이 먹통이 되어버린 기관실의 전기 장비들을 제거했다.

기관실 장비를 떼어내고 나니 허리케인이 만들어낸 당시의 아수라장이 얼마나 끔찍했는지 알려주는 광경이 드러났다.

"이런……."

계기판 속에는 기관차가 넘어지면서 이곳에 타고 있던 기관사들이 흘린 피가 그대로 남아 있었다.

기차가 전복되면서 기관사들은 즉사했는데, 그때 사방으로 튄 피가 계기판으로 고스란히 흘러든 모양이다.

화수는 계기판에 들어 있는 기판을 조심스럽게 드러내 피딱지와 흙먼지를 모두 닦아냈다.

그는 깔끔하게 세척한 기판을 서늘한 그늘에 놓고 잘 건조시키기로 했다.

물에 약한 전자기기이긴 하지만 잘 건조시킨 후에 고장 난 부위만 제대로 용접하면 원래의 기능을 발휘할 수 있기 때문이다.

만약 그게 안 된다면 마나용광로를 사용하면 되니 문제는 없을 것이다.

계기판을 떼어낸 화수는 기차의 동력 장치를 확인해 보았다.

"후우, 이것 참……."

한숨이 저절로 나오는 광경이다.

기차의 동력 장치에는 흙먼지는 기본이고 자갈과 돌멩이 같은 불순물이 무더기로 들어가 있었다.

또한 디젤 엔진의 동력 기관을 비롯한 실린더 등에 흙먼지가 침투해서 그야말로 만신창이가 되어 있었다.

만약 이것을 다시 사용하게 된다고 해도 엄청난 시간과 노력이 들어갈 것 같았다.

우선 화수는 디젤 엔진을 떼어내 깨끗이 세척하기로 했다.

여기에 들어가는 것은 소형 크레인이다.

엔진을 그대로 수리하는 것이 아니라 아예 통째로 드러내서 세척하고 개조할 생각이다.

여기까지 진행하는 데만 해도 무려 한 나절이 걸렸다.

너무 집중한 나머지 시간이 흐르는 줄도 모른 화수는 문득 배가 고파오는 것을 느낀다.

꼬르륵.

무심코 바라본 손목시계는 저녁 7시를 가리키고 있었다.

"15시간이나 작업했구나. 어쩐지 배가 고프더라니."

이윽고 화수는 식사를 하기 위해 집으로 향했다.

＊　　　＊　　　＊

저녁 늦게 도착한 집에는 리처드와 루이드가 화수를 기다리고 있었다.

지수는 오늘 닭볶음탕을 해놓았는데, 국물이 모두 식어 걸쭉한 상태가 되어 있다.

"형님, 왜 이렇게 늦게 오십니까? 몇 번이나 전화를 드렸는데 받지도 않으시고……."

"그러게 말이야."

세 사람의 핀잔에 화수는 멋쩍게 웃었다.

"이렇게까지 기다리고 있을 줄은 몰랐네. 미안해."

"하여간 한번 집중하면 누가 옆에서 건드려도 모른다니까."

화수가 도착하자 밥을 차려놓고 못 먹고 있던 식사가 시작되었다.

"잘 먹겠습니다!"

루이드와 리처드는 이제 한국 식단에 완벽하게 적응해 매운 음식이라면 사족을 못 쓰는 지경이 되었다.

고추장과 고춧가루는 물론이고 청양고추까지 팍팍 들어간 닭볶음탕을 무서운 기세로 먹어치웠다.

"쩝쩝쩝!"

"우걱우걱!"

화수는 그런 그들을 바라보며 자신도 모르게 미소를 지었다.

"거참, 어지간히도 배가 고팠던 모양이군."

지수는 그런 그들 앞에 닭을 계속해서 덜어주었다.

"당연하지. 이 덩치들이 저녁도 못 먹고 기다리기가 어디 그렇게 쉬운 일이야? 너도 참, 늦게 오려면 전화라도 주든 지."

"미안해. 어쩌다 보니 그렇게 됐어."

엄청난 속도로 닭을 먹어치우던 리처드가 불현듯 화수에 게 물었다.

"그나저나 듣자 하니 기차를 수리하신다면서요?"

"이제 기관차를 뜯어냈어. 속이 아주 엉망진창이더군."

"정말로 기차를 굴리실 생각입니까?"

화수는 당연하다는 듯이 고개를 끄덕였다.

"물론이지. 너희도 내가 무모하다고 생각하나?"

두 사람은 고개를 가로저었다.

"저희를 한국까지 데리고 온 형님이십니다. 기차를 만들어 굴리지 못하라는 법도 없죠."

실제로 청방이라는 조직의 악명은 생각보다 더 높은 편이 어서 한국의 경찰과 인터폴까지도 혀를 내두를 정도였다.

그런 조직의 전속 킬러와 중간보스를 동생으로 거둔 화수 의 능력은 상상을 초월하는 것이다.

다만 아직 그것을 본인만 자각하지 못하고 있을 뿐이다.

"너희가 생각하기에 기차를 굴리는 데 가장 필요한 것이 뭐라고 생각하나?"

"폐노선을 민간에게 판매한다면 그것을 화물 용도로만 사용하도록 허가받는 것이겠지요."

"그렇다면 국회를 움직여야 할 텐데?"

"필요하다면 그래야겠지요. 하지만 그것은 하나의 과정일 뿐 다른 문제도 많을 겁니다."

"그런 문제들을 해결하자면?"

"우선 움직여야 합니다."

"그래, 정답이다."

리처드는 지금 자신들이 할 수 있는 일에 대해 설명했다.

"제가 할 수 있는 것은 뒤에서 국회의원을 움직이는 것 정도입니다. 그 밖의 일은 루이드가 알아서 할 겁니다."

그의 말을 받은 루이드는 입안 가득 밥을 문 채 고개만 끄덕였다.

"음음……."

예전의 화수라면 불가능했을지도 모를 기차 운행이지만 지금은 두 명의 든든한 조력자가 생겼다.

그러니 앞으로의 행보가 조금 더 기대되는 것이다.

"베트남에서 마오와 그의 조직원들을 불러올려야겠군. 앞 공작에도 사람이 필요할 테니까."

"그렇습니다. 모든 일에는 인력이 필요한데, 이번 일은 조금은 무식한 놈들이 필요합니다. 그런 이유에서 본다면 마오의 전력은 큰 도움이 될 겁니다."

"그럼 놈을 불러내는 것은……."

이내 밥을 다 씹어 삼킨 루이드가 말했다.

"뒷공작을 제외한 모든 행동은 제가 담당하겠습니다. 마오를 불러올려 움직이는 것도 제가 하겠습니다."

"그래주겠나?"

"맡겨만 주십시오."

"그럼 나는 기차를 수리하고 굴리는 데 집중할 테니 나머지 일에 대해선 너희에게 부탁하겠다."

"여부가 있겠습니까?"

세 사람은 대화를 마치고 계속해서 식사를 이어나갔다.

＊　　　＊　　　＊

엔진을 떼어내고 차체의 하부를 뜯어낸 화수는 동력을 전달하는 장치에는 크게 이상이 없다는 것을 알 수 있었다.

기차가 쓰러지는 순간, 기관실과 엔진이 땅에 처박혀 버렸기 때문에 하부 동력은 비교적 깔끔했다.

그나마 불행 중 다행으로 하부가 살아남았으니 전력 공급만 제대로 해준다면 기차를 움직이는 데는 문제가 없을 것으로 보였다.

달그락달그락…….

화수가 마나용접기로 떼어난 강판을 나르는 것은 강철 인형들이었다.

이제 그들은 사람처럼 손과 발을 다 사용할 수 있는 구조로 되어 있다.

마나코어로 신경 체계를 거의 완벽하게 잡아낼 수 있기에 가능한 기술이다.

걸음걸이와 세부 동작이 상당히 어설프다는 것만 제외하면 인간의 작업 속도와 별반 다를 것이 없었다.

화수가 전생에 굳이 사람을 마도병기로 만든 것은 생물을 대처할 것을 찾기 힘들었기 때문이다.

하지만 만약 지금의 이 기술력만 있었다면 그럴 필요는 없었을지도 모른다.

강철 인형 일천 대만 만들어도 인간 일만 명을 상대하는 것쯤은 별문제가 되지 않기 때문이다.

그렇게 되었다면 생사람을 잡아다 병기로 만드는 일도 필요 없었을지도 모른다.

일이야 어찌 되었든 지금은 착실한 일꾼으로서 자신의 역할을 다 하고 있는 강철 인형들이다.

"어서어서 움직여. 작업을 최대한 빨리 끝내야 박사들을 불러올 수 있으니."

마나코어를 머리에 장착시킨 화수는 이것의 절반을 자신의 머리 부근에 부착시켜 의사소통이 가능하게 만들었다.

비록 술자 자신만 가능한 조종술이지만 멍청하게 반복만 하던 예전의 인형들과는 확연히 다른 행동을 보였다.

그들은 맹목적으로 화수를 따라다니는 것을 넘어서 그에게 충성심을 보이고 있었다.

화수가 그들을 독려하면 평소의 두 배에 달하는 속도로 움직이는 등의 특이성을 보인 것이다.

때문에 화수는 틈만 나면 강철 인형들을 닦달하면서 일을 진행시켰다.

조금의 지성을 가지고 있다는 것이 못내 마음에 걸리긴 하지만 아무리 열심히 일해도 지칠 리 없는 녀석들이다.

그 말은 곧 아무리 부려먹어도 곡소리를 낼 이가 없다는 소리다.

대형 강판은 여러 기가 달라붙어 치워내고 작은 강판은 한두 기가 나누어 치워내니 용접이 이뤄지는 족족 분해가 가능했다.

기관차를 모두 분해하고 나니 뼈대만 빼고 나머지 강판들은 죄다 찌그러져 있음을 알 수 있었다.

"어쩔 수 없이 마나용광로를 사용할 수밖에 없겠군."

이제 막 타워크레인 지지대를 완성시킨 이후라 동력이 좀 달리긴 하지만 강판을 원상 복구시키는 작업은 간신히 수행할 수 있을 것 같았다.

하지만 과열이 계속되면 폭발할 수도 있는 마나용광로이기에 최대한 조심스럽게 작업을 진행했다.

화수는 마나용광로에 강판과 엔진을 집어넣고 달력에 일정을 체크했다.

"강판 하나에 이틀, 엔진 하나를 수리하는 데 삼 일이니까……."

그는 기차의 강판과 엔진 전부를 수리하는 데 보름이라는 시간이 소요된다는 것을 알 수 있었다.

그는 가장 먼저 엔진을 수리하기로 한다.

마나용광로에 깨끗이 닦인 엔진을 넣으니 곧바로 마나 반응이 일어났다.

츠츠츠츠츠츠……!

"안정적으로 돌아가는군."

곧이어 그는 남아 있는 강판과 부품들을 물로 깨끗이 세척해 냈다.

*   *   *

삼 일 후, 엔진이 원래의 모습으로 탈바꿈되어 나타났다.

전형적인 디젤관 엔진의 모습이었지만 화수는 이대론 자신이 직접 기차를 운행하기가 상당히 버겁다고 생각했다.

디젤은 기본적으로 기름이 들어가는 동력 장치이기 때문에 꽤 높은 유지비가 발생하기 때문이다.

물론 디젤과 전기를 복합적으로 사용하게 된다면 연비는 향상되겠지만 엄청난 소음이 발생한다.

앞으로 그가 민간 열차를 운행하자면 이런 단점들을 완벽하게 보완하지 않으면 안 되었다.

화수는 기름으로 돌아가는 동력 장치를 마도학에 맞게끔 개조하기로 했다.

어차피 화물용으로만 쓸 차량이기 때문에 안을 어떻게 개조한다고 해도 그다지 문제는 되지 않을 것이다.

그는 우선 디젤 엔진이 작동하는 원리인 실린더와 점화 플러그 등을 뜯어내 개조하기로 했다.

기름을 유입해 압착시킨 후 점화해서 폭발을 얻어내는 방식인 동력 방식을 개조하기로 한 것이다.

그는 주동력기인 엔진의 폭발 방식을 그대로 사용하면서 보조 동력 장치를 부착시켜 연비의 효율을 폭발적으로 늘리기로 했다.

기름을 압착시키고 폭발시키는 과정에 녹황철을 이용해 매연을 잡고 수증기를 그대로 사용하여 열효율을 100%에 가깝게 만드는 것이다.

그리고 그것의 하부에 마나고무로 만든 고무관을 이어 수증기와 잔류 열을 빼내어 보조 동력기를 돌리는 방식이다.

엔진의 과부하를 막기 위한 냉각 방식을 순환계로 바꾸어 보조 동력을 돌리는 것이다.

이렇게 되면 열효율을 99%까지 끌어올릴 수 있었다.

또한 배기로 빠져나가는 공기의 종류는 이산화탄소나 산소 따위가 될 테니 일산화탄소 등의 문제는 발생하지 않을 것이다.

녹황철을 엔진 크기로 재단한 화수는 그곳에 엔진 설비들을 얹고 다시 마나를 주입시켰다.

스스스스!

그러자 직사각형의 형대로 되어 있던 녹황철이 서서히 오그라들면서 엔진 설비 모양을 그대로 갖추어 나갔다.

직사각형의 엔진 룸에는 엔진을 보호하기 위한 고정 장치가 되어 있기 때문에 엔진 룸을 개조하지 않고 엔진을 바꾸자면 이 방법을 사용할 수밖에 없었다.

"후우, 진땀이 다 나네."

거대한 녹황철을 구부리는 것이 결코 쉬운 일은 아니니 진땀이 날 수밖에 없었다.

엔진 형태를 완성한 화수는 나머지 설비는 천천히 만들어 나가기로 한다.

겉면만 만들었는데 벌써 해가 저물고 있었다.

"하루 이틀 안에 만들어질 엔진은 아니겠군."

이윽고 그는 작업을 중단하고 다시 집으로 향했다.

*　　　*　　　*

인천국제공항 출입국 게이트.

100여 명의 청년이 베트남발 비행기에서 내려 입국하고 있다.

선글라스에 검은색 정장을 입은 그들은 출입국 게이트 앞에 서 있는 루이드에게 다가와 인사했다.

"오랜만입니다, 보스!"

루이드는 고개를 가로저었다.

"보스는 무슨, 청방을 나와 해체된 마당에."

"아닙니다. 한 번 보스는 영원한 보스입니다!"

이윽고 마지막으로 비행기에서 내린 마오가 루이드에게 악수를 청했다.

"잘 있었나?"

"물론이지. 형님께서 기다리고 계신다. 어서 가지."

그는 태블릿PC를 옆구리에 끼고 있었는데, 아까부터 계속 딩동 하는 소리가 난다.

딩동.

"그건 뭐지?"

마오는 조금 민망한 듯 시선을 옆으로 흘리며 답했다.

"내가 요즘 영업 관리를 하느라 바빠서……."

"그래서 태블릿PC를 사용하고 있다?"

"뭐, 그런 셈이지."

뒷골목 건달에서 화수의 부하가 된 그는 화수가 칭찬하는 일이라면 목을 매고 집중했다.

그런 모습을 보이는 것이 영 익숙지가 않아서 짐짓 민망한 표정을 짓고 있는 것이다.

"형님께서 좋아하시겠군."

"저, 정말인가?!"

마치 어린아이처럼 좋아하는 마오를 보고 있자니 자신도 모르게 실소가 나오는 루이드다.

그는 그런 마오와 부하들을 데리고 대전으로 향했다.

"짐은 각자 챙기고 내가 대절한 버스 석 대에 나누어 타고 이동한다. 물론 대전까지 이동하는데 말썽을 부리면 곤란하다. 최대한 조용히 대전까지 내려가자."

"예, 보스."

루이드는 인천국제공항 앞에 세워둔 버스 석 대에 100명의 부하를 나누어 태웠다.

"짐칸이 모자라서 개인당 한 자리를 배정했다. 그러니 내려가는 동안 푹 자두어도 좋다. 앞으론 조금 바쁘게 움직일 테니."

부하들은 예전보다 훨씬 부드러워진 그를 바라보며 감탄에 젖은 목소리를 냈다.

"보스께서 한없이 부드러운 남자가 되셨으니 저희도 보스를 따라서 부드러워지겠습니다."

"…징그러운 놈들."

루이드는 오랜만에 보스라는 말을 들으니 감회가 새로웠다.

3장

기차를 완성하다

화수의 개인 작업장.

이제 엔진 룸의 모든 설비를 완벽하게 완성했다.

그는 기름통에 경유를 넣고 시동을 걸었다.

끼리리릭, 부아아앙!

엄청난 굉음과 함께 시동이 걸리더니 이내 약한 수증기를
뿜어내기 시작했다.

"좋았어. 제대로 걸리는군."

여기저기 마나코어를 부착해 모자란 동력을 채워 넣긴 했
지만 최고 시속 200㎞까진 무난하게 낼 수 있는 엔진이 완성

되었다.

잠시 후, 엄청난 굉음이 서서히 잦아들면서 엔진은 실린더가 움직이는 소리 이외엔 아무런 소리고 들리지 않게 되었다.

마치 고속열차인 KTX를 보는 것 같은 착각이 들 정도이다.

이제 남은 것은 차체의 하부 설비와 함께 내부 설비를 장착시키는 것이다.

이 부분에 대해선 이종면과 그의 지인들을 통해 자문을 구하면서 작업하기로 했다.

오후 3시, 드디어 이종면이 섭외했다는 전문가들이 화수의 개인 작업실에 도착했다.

이종면은 총 네 명의 전문가를 화수에게 소개했다.

"이쪽은 이수자원 강화수 대표이사입니다."

"반갑습니다."

그들은 화수가 새롭게 만들고 있는 엔진을 바라보며 흥미롭다는 듯이 말했다.

"이건 디젤 엔진이지요?"

"예, 그렇습니다."

엔진에 윤활 작용이 일어나도록 하기 위해 화수는 미리 엔진에 시동을 걸어두었다.

바로 옆에서 대화를 나누는데 전혀 지장이 없을 정도로 소음이 적었다.

그 때문에 전문가들은 화수의 신기술에 놀랄 수밖에 없었다.

"이건… 대박이군요. 게다가 매연도 거의 만들어지지 않는 것을 보니 내부에 무슨 특수한 장치를 한 것 같은데, 뭡니까?"

화수는 그들에게 엔진 내부의 설계도를 보여주며 설명했다.

"내부 순환식 엔진입니다. 열을 내부로 순환시키고 남은 과열은 아래로 내려 보조 동력기를 돌립니다. 그렇게 되면 지금보다 약 열 배 정도 높은 연비를 낼 수 있지요."

"오오!"

지금까진 그저 꿈으로만 생각하던 완전 연소와 내부 가스 순환식 엔진을 바라보는 그들은 이미 경외에 젖어 있었다.

"이런 특수한 기술을 발명하다니, 이건 역사에 길이 남을 사건입니다!"

흥분을 감추지 못하는 그들에게 화수가 말했다.

"아직 기차가 모두 완성된 것은 아닙니다. 하부 설비와 내부 설비 등을 마쳐야 온전히 기차로서 그 역할을 할 수 있을 테니까요."

"으음, 내부 설비라? 객차로 사용할 물건은 아니라고 들었습니다."

"예, 그렇습니다."

"그렇다면 안정감과 같은 승차 요소는 거의 필요가 없겠군요."

"그렇다고 볼 수 있습니다."

전문가들은 차라리 잘되었다고 생각했다.

"짐을 싣는 화차는 객실에 비해 무게도 가볍고 설비도 덜 들어가기 때문에 비교적 개발이 용이할 겁니다. 아마도 개발 기간이 확연히 줄어들겠군요."

"만약 제가 찌그러진 부분을 모두 펴고 부품을 새것으로 만들어드린다면 개조 기간이 얼마나 걸릴까요?"

그들은 개발 기간을 자신들이 생각하는 최소한으로 잡았다.

"3주일이면 완성될 것 같군요. 다만 이것을 완성할 수 있는 인력이 충분하다는 가정하에서 유효합니다."

"그건 걱정하지 마십시오. 이곳에 들어가는 인력은 제가 알아서 마련하겠습니다. 교수님들께선 그저 기차를 만드는 데 집중하시면 됩니다."

"좋습니다. 그렇다면 더 지체할 것 없이 지금 당장 작업에 들어갑시다."

쇠뿔도 단김에 빼라고 했던가?

기술자들은 작업에 착수하는 데 한 치의 망설임도 없었다.

화수는 그들에게 앞으로 기차를 운행하는 데 있어서 발생하는 수익에 대한 커미션을 분배하는 계약서를 건넸다.

"앞으로 벌어들일 수익의 1%를 증여한다는 서류입니다. 서명하시면 계약 관계로 묶이게 되는 겁니다."

"알겠습니다. 바로 서명하지요."

고열효율 기차의 엔진을 만들어주었으니 밥상은 다 차려진 것이나 마찬가지다.

교수들은 명예로 먹고사는 직업이니 화수가 기차를 출시하게 되면 그 명성이 널리 알려질 것이다.

그들의 입장에선 돈을 주지 않는다고 해도 알아서 프로젝트에 참여할 판이다.

그럼에도 불구하고 1%의 커미션이 붙는다는 것은 실로 엄청난 일이었다.

교수들은 계약서에 당장 서명했고, 내일부터 작업이 시작될 것이다.

*   *   *

엔진이 개발되고 나니 그 후의 작업은 그야말로 일사천리로 진행되었다.

구부러진 차체를 똑바로 펴고 색을 다시 입히는 작업이 끝난 후엔 곧바로 내부 설비에 들어갔다.

뼈대만 남은 화차에 짐을 선적하거나 컨테이너를 똑바로 올려놓을 수 있는 화물 선적 렉이 설치되었다.

초대형 칸막이가 설치되고, 그 위로는 짐이 날아가지 않도록 고정하는 고정 핀이 덧대어졌다.

그런 화차와 화차 사이를 잇는 연결고리에 단단한 마나고무와 녹황철을 덧대어 혹시나 모를 자연재해까지 대비했다.

연결고리까지 매단 후엔 두 번째 칸에 들어갈 설비를 갖추기로 했다.

화수는 캠핑카를 제작하는 업체에 기차의 설비를 맡기기로 했다.

두 번째 칸은 전형적인 객실 형태를 띠고 있었는데, 화수는 이곳의 의자를 모두 떼어내고 침대와 짐칸을 설치해서 사람이 먹고 잘 수 있도록 할 예정이다.

캠핑카 제작자는 처음으로 기차를 개조한다는 생각에 조금은 조심스러운 모습이다.

"기차라……. 객실 형태는 그냥 침대만 있으면 되는 겁니까?"

"아니요. 캠핑카처럼 사람이 사는 데 필요한 요소들이 대거 들어갔으면 합니다."

"이를테면 간단한 취사와 샤워가 가능하도록 말입니까?"

"예, 그렇습니다. 기왕지사 한 칸을 객실로 쓴다면 사람이 살 수 있는 조건이 되어야겠지요."

그는 화수에게 포트폴리오를 보여주었다.

"이건 러시아 대기업에서 출장용 사무실로 사용하는 캠핑카입니다. 어떠신지요?"

붉은색 베이스에 흰색과 검은색을 섞어 만든 캠핑카의 인테리어는 가히 환상이라고 할 만했다.

"보면 아시겠지만 대기업 임원들이 사용하던 것이니만큼 내부 시설은 호텔에 버금갈 정도로 좋습니다."

"하지만 가격이 상당히 높게 책정되겠지요?"

"그렇지만 가격 대비 성능이 좋으니 후회는 없으실 겁니다."

가운데 대형 테이블이 놓여 있는 캠핑카 구조 중 화수는 단 한 가지가 마음에 들지 않았다.

"회의 공간으로 사용하는 것은 좋지만 이것으로 인해 사람이 잘 수 없는 사태가 벌어지는 것은 별로 탐탁지 않습니다."

그는 화수의 의견을 최대한 반영해 차를 만들기로 했다.

"책상은 밀어서 구석으로 치우거나 옆어서 보관할 있도록 탈부착식으로 만들어드릴 수도 있습니다."

"으음, 그렇다면 안심이군요. 행여나 사람이 지낼 공간을 앗아가면 어쩌나 했거든요."

"맞춤 캠핑카의 가장 좋은 점이라면 바로 이런 겁니다. 구매자의 요구에 따라서 차를 조정할 수 있거든요."

돈이 많이 든다는 단점이 있긴 하지만 그것은 지금 화수에게 있어서 그렇게 큰 문제가 되지 않았다.

"좋습니다. 계약합시다."

"탁월한 선택이십니다."

화수가 계약서에 서명하자 그는 부연 설명에 들어갔다.

"수주해서 완성까지 걸리는 시간은 대략 3주입니다. 그동안 다른 기차들을 완성하고 계시면 제가 완벽하게 만들어서 가져다 드리겠습니다."

"알겠습니다. 그렇게 해주십시오."

계약을 체결한 두 사람은 악수를 나누었다.

*   *   *

강판을 떼어내고 동력을 완벽하게 전달시킬 수 있는 기차를 만드는 데 걸리는 시간은 생각보다 오래 걸리지 않았다.

이미 설계도를 거의 다 완성시켰기 때문에 일반적인 오류만 바로잡으면 곧바로 상용해도 성공할 수 있을 정도였다.

이종면과 연구진은 함께 설계도면을 바라보며 문제점에 대해 논의했다.

그들이 지금 직면한 가장 큰 문제점은 폐노선의 선로를 개조하는 일이었는데 이것을 완성시키는 데 걸리는 시간이 결코 만만치 않다는 것이다.

더군다나 레일을 새로 깔자면 엄청난 자금이 소요되는데, 일반적인 사업가의 자금력으론 그것을 감당할 수가 없다.

"처음부터 마음에 걸린 문제입니다만, 이렇게 막상 눈앞에 봉착하고 나니 심각성이 새삼 와 닿는군요."

이종면의 심각한 표정을 바라보는 연구진의 얼굴에도 수심이 가득했다.

하지만 화수는 이것을 의외로 아주 간단하게 덮어버린다.

"현재 폐노선 선로 위에 덧씌울 수 있는 대체품을 만들어 내면 되지요."

"하지만 그것을 설치하는 데 드는 비용은 어쩌고요?"

"그건 저에게 맡기십시오. 인력을 투입하지 않게 된다면 문제가 될 것은 없겠지요?"

"그렇긴 합니다만……."

이종면은 화수의 호언장담에 의구심을 품었다.

"아무리 신기술을 가졌다고 해도 선로를 만드는 일은 생각처럼 그리 쉬운 일이 아닙니다. 여러 가지 조건을 갖추어야 하지요."

화수는 고개를 끄덕였다.

"맞습니다. 선로를 건설하는 일은 상당히 힘든 일이지요. 하지만 제가 해낼 수 있습니다. 그러니 저를 믿고 기다리십시오."

지금 이 연구진은 어차피 화수 한 사람만 바라보고 모인 이들이다.

그런 이들에게 화수에 대한 믿음이 없었다면 프로젝트는 애초에 시작도 할 수 없었을 것이다.

"좋습니다. 그럼 바퀴에 대한 것은 전적으로 사장님께 일임하겠습니다."

화수는 고개를 끄덕였다.

"제가 보름 안에 대안을 만들어서 가지고 오겠습니다. 그때까지 여러분께선 기차를 개조하는 데 만전을 기해주십시오."

"알겠습니다."

화수는 레일을 만드는 장비를 고안하기 위해 다시 미국 마이트 사로 향했다.

* * *

이번이 세 번째 방문이다. 제이슨은 이제 화수에게 잔정이 든 모양이다.

"사업은 잘되시죠?"

"물론입니다."

아무리 규모가 큰 고물상이라고 해도 역시 단골에 대한 대우는 동네 고물상이나 별반 다를 바가 없었다.

그는 화수가 온다는 소식에 만사를 다 제쳐두고 직접 그를 접객했다.

이사라는 직함의 임원이 이렇게까지 버선발로 달려 나오는 것을 보면 화수의 입지가 그리 작은 편은 아니라는 소리다.

"이번엔 무슨 물건을 사려고 오셨습니까?"

제이슨의 질문에 화수는 자신이 만든 설계도를 보여주며 물었다.

"이것에 필요한 부품들을 구하자면 무엇을 사야 할까요?"

화수가 보여준 것은 기차의 선로를 만드는 장비로서 하부에 집게발이 달려 있고 상부에는 레일이 달려 있다.

그리고 그 위에는 또다시 열차를 부착시켜 레일을 만드는데 아주 적합하게 움직일 수 있도록 했다.

"첫 번째론 초대형 히아브 크레인이 필요하겠고, 두 번째론 오버헤드 트레벨러 크레인이 필요하겠군요."

그가 말한 것들은 한국에선 집게차, 그리고 천장 크레인으로 부르는 장비들이다.

"으음, 그리고 마지막으론 이것을 모두 싣고 다닐 수 있는 최소 30톤짜리 트럭이 필요할 것 같습니다."

"이 모든 것을 합치면 얼마쯤 견적이 나올까요?"

제이슨은 자신이 사용하는 계산기로 재빠르게 총견적을 냈다.

"만약 레일까지 모두 구매하신다고 해도 5만 달러가 채 안 나오겠는데요? 어차피 중고품을 이어서 만드실 것 아닙니까?"

"그렇지요."

"그렇다면 제가 4만 달러 선에서 쓸 만한 부품을 구해드리겠습니다."

"그래주시겠습니까?"

"단골이신데 당연히 그래야지요."

기차선로 작업에 필요한 장비들을 구매하기로 한 화수는 중고차까지 구매해서 돌아가기로 했다.

"오늘도 제가 좋아하는 중고차가 많이 들어왔겠지요?"

"물론입니다. 이쪽으로 오시죠."

꽤나 높은 값에 중고차를 사가는 화수이기에 제이슨은 그에게 최선을 다했다.

이게 바로 단골의 좋은 점이었다.

*　　　*　　　*

초대형 히아브 크레인을 비롯한 대형 장비들을 사서 한국으로 돌아온 화수는 이것을 한데 묶어 선로 작업에 필요한 장비를 만들어내기로 한다.

그는 이번 작업을 제대로 끝내기 위해 대형 마나코어들을 만들어냈다.

마나의 농도는 그렇게 짙지 않지만 넓은 공간으로 마나를 흘려보내기 좋은 형태로 개량한 것이다.

화수는 마나코어를 소형 스카이 크레인에 부착시켜 자신이 원하는 대로 움직일 수 있도록 했다.

그가 용접을 하는 동안 크레인은 생각대로 움직여 화수를 보조하게 될 것이다.

적재 중량 100톤에 달하는 초대형 트럭에 올라선 화수는 마나용접기를 가지고 특장 칸을 떼어낸다.

츠츠츠츠츠츠!

마나용접기의 엄청난 화력에 힘입어 특장 칸은 순식간에 떨어져 내렸고, 화수는 그것을 스카이 크레인에 매달았다.

"올려."

지이이이이잉!

화수의 머리와 연결된 마나코어는 스카이 크레인이 그의 명령에 따라 움직일 수 있도록 해주었다.

특장 칸을 안정적으로 떼어낸 화수는 자신의 오른손에 장착시켜 놓은 만능장비팔을 가동시켰다.

만능장비팔은 스패너, 파이프 런치, 스크류 드라이버, 드릴, 글루건, 용접기 등 50여 개의 장비가 달린 만능 팔이다.

이 만능 팔은 마나로 장비의 크기를 조절할 수 있도록 되어 있어 무거운 장비 통을 들고 다닐 필요가 없는 만능 공구이다.

다만 이것을 가능하게 하기 위해선 마나코어가 달린 통을 등에 매달고 작업해야 한다는 단점이 있었다.

5kg에 달하는 장비를 매달고 장시간 움직인다는 것이 쉽지만은 않은 일이지만 엄청나게 무거운 공구를 들고 다니는 것보다는 훨씬 나을 것이다.

화수는 만능장비팔에서 대형 해머드릴을 꺼내어 작동시켰다.

드르르르르륵!

두꺼운 대형 차량의 강판을 뚫어내자면 해머드릴로는 불충분할 것이다.

그는 해머드릴에 열을 가해줄 가열 장비까지 작동시켰다.

스스스스!

검은색으로 빛나던 해머드릴의 앞부분이 빨갛게 달아오르면서 섭씨 1천 도의 엄청난 온도를 냈다.

화수는 이것의 불똥이 자신에게 튀면 어떤 결과가 초래될지 잘 알고 있기 때문에 곧장 보호 장비로 몸을 가렸다.

처음부터 불똥이 튀는 것을 방지하는 옷을 입은 화수는 헬멧과 장갑을 장착했다.

이렇게 하면 어지간한 열기로는 살을 공격할 수 없을 것이다.

그는 미리 보드마커로 표시해 둔 자리에 거침없이 드릴을 가져다 댔다.

그러자 철이 조금씩 달궈지면서 구멍이 뚫리기 시작했다.

드드드드드드드!

사방으로 엄청난 양의 불꽃이 튀고 있었지만 그는 작업을 멈추지 않았다.

그리고 약 5분 후, 두께 5㎝에 달하는 대형 강판에 구멍이 뚫렸다.

이윽고 헬멧을 벗어낸 화수는 한숨 돌렸다.

"휴우, 역시 쉽지가 않군."

아무리 마도학 장비의 힘을 빌린다고 해도 작업을 하는 본인은 사람이다.

그러니 힘이 들 수밖에 없었다.

잠시 한숨을 돌린 화수는 곧이어 계속해 강판을 뚫어나갔다.

＊　　　＊　　　＊

다음 날, 강판에 모두 구멍을 뚫고 히아브 크레인 설비에 연결 홈을 만들어놓은 화수는 스카이 크레인으로 특장 칸에 설비를 얹었다.

"천천히……."

그는 최대한 집중력을 발휘해 연결 홈에 설비의 너트가 잘 들어가도록 유도했다.

철컹!

엄청난 하중이 트럭에 가해졌지만 바퀴에는 전혀 이상이 없는 듯했다.

"역시 초대형 트럭이군."

이윽고 그는 히아브 크레인 위에 기차의 레일을 달아 초대형 천장 크레인이 지나다닐 공간을 확보하기로 했다.

약 50미터에 달하는 길이의 선로를 차에 부착시키는 작업은 생각보다 그리 어렵지 않았다.

하지만 이것을 얹고 나서 그 위에 천장 크레인을 부착시키는 것이 과연 가능할까 의문이다.

그래서 화수는 차체의 하부에 조금 특별한 장비를 설치하기로 했다.

그는 자동차의 에어스프링을 개조시켜 지금의 적정 하중을 두 배가량 끌어올려 장비를 업그레이드시키기로 했다.

히아브 크레인이 부착되어 있으니 차량의 하부를 손보는 일은 그리 어려운 일이 아니었다.

성인 남성의 몸통만 한 크기의 에어스프링을 떼어내고 그곳에 마나 에어스프링을 다는 작업이 이어졌다.

치지지지직!

에어스프링이 달려 있던 자리에 마나 에어스프링이 달리며 작은 스파크를 일으켰다.

이것은 마도학 장비가 현대 장비에 달라붙으면서 나는 소리로 제대로 연결되었다는 것을 뜻한다.

"으음, 좋군."

화수는 장비가 제대로 작동하는지 히아브 크레인을 내려 살펴보기로 했다.

철컹!

엄청난 하중이 전해졌지만 에어스프링은 예전보가 훨씬 더 안정적으로 버티고 섰다.

이대로라면 현재 적정 하중의 두 배가 아니라 서너 배도 너끈히 들어 올릴 듯했다.

그는 안심하고 장비를 얹을 준비를 서둘렀다.

히아브 크레인 위에 선로를 얹은 후 그 연결 부위를 용접으로 접합시켜 걸어 다니는 기차를 만들 생각이다.

이 작업에는 화수의 조수로 양철 인형들이 동원되었다.

화수와 같이 만능장비팔을 부착한 양철 인형들은 화수가 하는 대로 똑같이 망치질을 시작했다.

깡깡깡깡!

선로에 달린 말뚝 홈에 고정 핀을 박고 그 아래를 용접해서 단단하게 고정시키려는 것이다.

해머로 고정 핀을 단단하게 박아 넣은 후 그 하부를 용접시켜 움직이지 않도록 했다.

화수는 자신이 용접한 부위를 발로 차보며 단단한지 확인해 보았다.

깡깡!

"으음, 좋군."

이대로라면 차가 옆으로 전복되어도 선로가 제대로 살아 있을 정도로 단단하게 고정된 듯했다.

작업의 끄트머리, 화수는 문득 고개를 돌려 작업실 벽에 매달린 시계를 바라보았다.

9시 30분.

시간이 상당히 늦었지만 오늘은 늦게 들어간다고 집에 말을 해놓았으니 아마도 가족들은 기다리지 않고 먼저 밥을 먹었을 것이다.

　"그럼 나도 밥을 좀 먹어볼까?"

　강철 인형들을 숨겨놓고 차에서 내려온 화수가 간단히 요기라도 하기 위해 준비하는데 저 멀리서 차가 이쪽으로 달려오고 있다.

　부아아앙!

　시끌벅적하게 달려온 차는 작업실 앞에 멈추어 섰다.

　"형님!"

　차를 끌고 온 사람은 다름 아닌 리처드였다.

　"이 시간에 어쩐 일이냐?"

　"형님께서 고생하신다고 세라 누님께서 이것을 보냈습니다."

　"세라가?"

　그가 건넨 것은 5단 찬합이었는데, 그 안에는 각종 반찬과 간식이 가득 들어 있었다.

　척 보기에도 한두 시간 걸려 완성한 것이 아닌 듯했다.

　"우와! 이걸 세라 혼자서 다 만들었대?"

　"그런 것 같았습니다. 아참, 이건 커피인데, 손수 드립해서 만들었답니다. 설탕이 안 들어서 몸에 그리 나쁘지 않을 거랍니다."

식사에 간식, 커피까지, 화수는 이게 무슨 호사인가 싶었다.

"다음에 한번 제대로 밥이라도 사야겠는데?"

"그러게 말입니다."

세라가 싸준 도시락을 들고 작업실로 들어선 화수에게 리처드가 말했다.

"지금 마오와 그의 조직원이 한국에 도착했다고 합니다."

그녀가 손수 만든 음식을 맛보면서 그는 마오의 일정에 대해 물었다.

"앞으로 그 조직과 어떻게 연계해서 작업할 생각인가?"

"우선 현재 폐노선을 관리하고 있는 부서의 관리들을 만나 로비에 들어갈 겁니다. 그리고 폐노선을 민영화시키기로 한 국회의원들을 만나 지금 우리가 추진하고 있는 계획에 대래 설명해야지요."

"만약 설득이 실패한다면?"

"그땐 협박을 하던 뇌물을 먹이던 여러 가지 수를 써야지요."

"으음……."

아무리 기차의 성능이 좋다고 해도 아마 민간이 철도권을 갖는 것은 불가능할 것이다.

그것이 가능하자면 국회를 통과해야 하는데, 철도 민영화를 반대하는 여론에게 직격탄을 맞을 수도 있기 때문이다.

"아무튼 너희가 고생이구나."

"아닙니다. 형님을 위해서라면 이 정도는 아무것도 아니지요."

화수는 그의 어깨를 살며시 두드렸다.

"고맙다."

"별말씀을요."

이윽고 리처드가 자리에서 일어섰다.

"저는 그럼 내일을 위해 집에 들어가 봐야겠습니다."

"그래, 들어가서 푹 쉬라고."

"먼저 들어가서 죄송합니다."

"후후, 무슨 소리를."

고개를 숙인 리처드가 돌아가고 난 후 화수는 홀로 남아 작업을 계속했다.

*   *   *

천장 크레인을 선로에 맞게 개조해서 장착시키고 나니 레일을 정비하는 차량이 구색을 갖추어갔다.

이제 화수는 선로를 잡고 그것을 안착시키고 땅을 다질 수 있는 장비들을 장착시켰다.

이미 선로는 만들어져 있는 상태이니 그것을 복구시키는 것이 문제였다.

그러니 땅을 다지는 것은 유실되어 있는 선로에만 해당되고 어느 정도 높이가 유지되고 있는 선로에는 새로운 레일을 까는 등의 작업이 필요했다.

화수는 공사용 롤러와 평탄용 압착기를 차량 후미에 장착시키고 그 위에 초대형 에어스템플러를 장착시켰다.

공기를 압착시켜 발사시키는 방식인 이 스템플러는 못이 들어가는 에어건을 형상화시켜 화수가 특수 제작한 것이다.

물론 공기를 압착시키는 데 들어가는 것은 마나코어로 만든 압착기다.

화수는 두꺼운 시멘트 바닥에 길이 3미터의 대형 말뚝을 박아 넣기 위해 공기를 충전시켰다.

드르르르륵!

그리고 약 30초 후, 완전히 충전된 압착기에서 3미터 말뚝이 발사되었다.

철컹! 퍼억!

무려 3미터나 되는 말뚝이 시멘트를 뚫고 들어가 완벽하게 자리를 잡았다.

앞이 뾰족한 형태로 되어 있는 말뚝이기 때문에 땅이 갈라지거나 균열이 생기는 부분이 없었다.

이 정도라면 그 어떤 지형이라도 충분히 말뚝을 박을 수 있을 듯싶었다.

"좋군."

이제 그는 차량의 앞면에 땅을 고르는 설비를 달아 흙이 쌓이면서 겹겹이 올라간 유실 선로를 복구할 수 있도록 했다.

지이이이이이잉!

뭉뚝한 톱니가 달린 기계를 매달아 차가 지나가는 족족 땅이 파이도록 하는 설비이다.

성인 남성보다 더 큰 이 톱니는 앞에 바위 지대가 있어도 선로를 개척할 수 있도록 하는 장비였다.

앞서 톱니가 땅을 파헤치면 뒤에 달린 롤러와 압착기가 땅을 다지고, 그 위에 선로를 다시 재생시키는 방식이다.

이제야 선로 정비 차량이 구색을 다 갖추어가는 느낌이 들었다.

"으음, 거의 다 되었군."

이제 차량의 연결 부위를 모두 다 접합시키고 모래나 흙먼지, 물 등이 들어가지 않도록 방수작업을 하는 일만 남았다.

＊　　　＊　　　＊

　철도청 관리부서에 근무하고 있는 지상준 부장은 자신을 찾아온 영국 청년을 바라보며 고개를 갸웃거렸다.

　"민간 노선을 만드신다……. 폐노선을 개조해서 말입니까?"

　리처드는 지상준 부장에게 자신이 만들어놓은 포트폴리오를 보여주었는데, 그는 연신 고개를 갸웃거렸다.

　"이건 좀 무리가 있겠습니다."

　"어째서 그렇지요?"

　"우선 민간 노선은 운행할 수가 없습니다. 국가의 허가가 떨어지지 않기 때문이죠."

　"국가의 정책상 민간이 열차를 운행할 수 없다는 소리군요."

　"말하자면 그렇습니다."

　"만약 그렇다면 우리가 물류 철도를 사용할 수 있는 조건은요?"

　"정부의 인허가를 받기 위해 국회를 통과하는 방법이 있지요."

　"그 외에는요?"

　"국민투표로 지지를 얻거나 정부와 관공서, 그리고 대기업이 손을 잡고 지분을 나누어 투자하는 방법이 있습니다."

"인천국제공항철도처럼 말입니까?"

"예, 그렇습니다. 그렇게 된다면 민간이 철도를 운영할 수 있는 권한이 생기게 되는 것이죠. 아니, 정확히 말하자면 국가와 지분을 나누어 경영하게 되는 겁니다."

절차가 조금 복잡하지만 가능하기만 하다면 화수는 꽤나 많은 이득을 보게 될 것이다.

"하지만 그것을 국회에 통과시키자면 안건을 발의할 사람이 필요합니다."

"국회의원 말입니까?"

"예, 그렇습니다. 지금 우리나라의 폐노선은 민간에게 판매되어 관광지나 녹지산업에 사용되고 있습니다. 지자체에서 관리해서 테마파크로 만드는 경우도 있고요. 하지만 그 경지를 뛰어넘어 철로를 만들자면 국회의원이 꼭 필요하죠."

그는 지상준 부장에게 자신이 철로를 설립하는 데 필요한 인맥을 소개해 달라는 의미로 뇌물을 건넸다.

"듣자 하니 따님께서 대학에 들어가신다고요. 그것도 미국에 있는 의대에 말입니다."

"그, 그걸 어떻게……."

"정보통이 있습니다. 위협할 생각은 전혀 없으니 오해가 있다면 푸시지요."

지상준은 지금까지 최선을 다해 일했지만 딸을 유학길에 보내놓고는 한시도 발을 뻗고 못 잘 정도로 자금난에 시달리고 있었다.

하지만 그런 다급한 사정에 처해 있음에도 불구하고 그는 뇌물을 받는 것을 상당히 망설였다.

"하지만 이것을 받았다간……."

"별 탈 없을 겁니다. 이 자금은 어디서 나왔는지 알 수가 없거든요. 무기명으로 된 채권을 추적할 수 있는 사람은 아마 별로 없을 겁니다."

그는 제대로 세탁된 돈을 그에게 건넸고, 지상준은 고민 끝에 돈을 받았다.

"그럼 물류철도를 만드는 일만 도와드리면 되는 것이지요?"

"그렇습니다. 그 이후엔 신경 쓰게 하지 않겠다고 굳게 다짐할 수 있습니다."

"후우! 알겠습니다. 그럼 그렇게 합시다."

지상준은 돈을 받았고, 이제 그는 리처드의 공작원 겸 정보원이 된 셈이다.

"지금 이 돈은 선수금으로 생각하고 쓰십시오. 만약 국회의원과 연결된다면 조금 더 많은 돈을 드리도록 하겠습니다."

봉투를 열어본 지상준은 눈을 동그랗게 떴다.

"이, 이건……!"

"걱정하지 마십시오. 써도 됩니다."

리처드는 자신이 킬러 생활을 하면서 모아온 돈의 아주 작은 일부를 그에게 건넸는데 그것은 일반인이 평생 벌어도 구경하기 힘든 액수였다.

"도와주실 거지요?"

"무, 물론입니다!"

이제 그는 열과 성을 다해 리처드를 도울 것이다.

4장

사업의 걸림돌

작업 보름째.

화수는 드디어 선로를 재정비할 수 있는 장비를 만들어냈다.

그는 구 선로로 이용하던 부지에 장비를 놓고 레일을 재정비하는 작업을 시연해 보았다.

위이이이이잉!

거대한 톱니바퀴가 돌아가며 유실된 선로를 복구하고 그 위에 마나용광로에서 압착시킨 선로를 얹었다.

그리고 압착기가 땅을 다지고 그 위에 초대형 말뚝을 박아

선로를 완성시켰다.

화수는 기계를 시연하며 지상에 있는 연구진에게 물었다.

"어떻습니까? 이 정도면 충분히 작업을 진행할 수 있겠지요?"

10미터의 선로를 다지는 데 30분도 채 걸리지 않는 이 작업을 계속한다면 족히 한 달이면 화수가 원하는 만큼의 선로를 얻을 수 있을 것이다.

연구진은 화수에게 박수를 보냈다.

짝짝짝짝!

"정말 대단하십니다!"

"어떻게 이런 생각을 다 하셨습니까?"

그는 멋쩍게 웃으며 답했다.

"우리에게 필요한 것이 무엇인지 생각하고 그대로 움직이면 못할 것이 없습니다. 이것은 시작에 불과하다는 것을 곧 알게 될 겁니다."

이윽고 화수는 현재 기차의 개조 상황에 대해 물었다.

"그건 그렇고, 기차들은 어떤 상태입니까? 거의 다 완성이 되었습니까?"

연구진은 아주 흡족한 표정으로 그에게 완성된 차량에 대한 제원표를 건넸다.

"이 정도 기술력이라면 충분히 고속철도를 놓아도 될 정도입니다. 사장님께서 말씀하신 시속 200㎞는 이미 넘어섰습니다. 동력을 전달하는 기관차의 설비를 조금 바꾸고 나머지 화차의 동력 장치를 조금 손보고 나니 연비는 물론이고 마력까지 좋아졌습니다. 아마 최고 시속 250㎞까진 무난히 나올 것으로 보고 있습니다."

"좋군요. 이대로라면 지금 당장 열차를 출범시켜도 되겠습니다."

곧이어 이종면은 완성된 객실 칸의 전경 사진을 화수에게 건넸다.

"연구소로 직접 배달되어 온 객실의 전경입니다. 마치 편안한 안방을 보는 것 같은 착각이 들지 않습니까?"

3층 침대에 식사를 위한 공간, 그리고 샤워를 할 수 있는 시설과 온돌까지 장착된 객실이다.

이 정도 크기라면 40명은 족히 발을 뻗고 잘 수 있을 정도이다.

"동력 장치는 기차에 달린 발전기를 사용했고, 온수와 온돌 역시 발전기에 연결해 사용하게 될 겁니다. 그리고 기차의 세 번째 칸에는 물탱크와 비상 연료 탱크를 연결해 오랜 운송에도 전혀 무리가 없도록 했지요."

화수는 캠핑카 전문가들의 기술력이 새삼 대단하다고 느

졌다.

"좋군요. 이제 남은 것은 레일을 다지고 기차를 올리는 일 뿐이군요."

"그렇다고 볼 수 있습니다."

이제 기술적인 준비는 모두 끝이 났고 인력적인 문제만 남아 있었다.

화수는 장비를 다시 창고에 집어넣고 인력적인 문제를 해결하기로 했다.

*　　　*　　　*

대전의 한 호화 한정식 식당.

화수는 생전처음으로 반찬이 무려 60가지나 나오는 한정식을 맛보게 되었다.

리처드와 함께 교자상에 앉은 화수는 연신 거울을 바라보며 옷매무새를 가다듬었다.

"마정식이라는 사람의 성격은 어떻대?"

"듣기론 상당히 차분하고 냉정하다고 합니다. 분석력이 뛰어나고 언변이 상당히 부드럽고요."

"으음, 전형적인 정치가의 표상이군."

지상준은 자신의 인맥을 통해 마정식 의원 비서실과의 연결에 성공했고, 끝내는 화수와의 식사 자리를 주선하게 되었다.

그 보수로 돈을 받긴 했지만 지상준의 인맥 활용도와 끈기는 그야말로 대단하다고밖에 설명할 수 없었다.

리처드가 소개받은 마정식이라는 국회의원은 동해안 물류철도의 건설을 종용하던 사람이다.

비록 정권이 바뀌면서 흐지부지되긴 했지만 아직도 그는 동해안 물류철도의 건설이 시급하다고 생각하는 사람이었다.

우리나라 최고의 항구도시인 부산과 공업도시이자 항구도시 울산, 그리고 그 연안을 잇는 철도물류는 꼭 필요하다고 생각한 것이다.

이것이 화수와 부합되는 생각이긴 하지만 문제는 이것이 민간 물류라는 것이었다.

그는 국가에서 정부의 예산으로 물류 라인을 재정비해야 한다고 주장했기 때문이다.

근간은 같지만 나아가는 방향이 달라서 과연 마정식과 화수의 의견이 부합될지는 의문이었다.

이윽고 방문 노크 소리가 들렸다.

똑똑.

"예, 말씀하십시오."

"마성식 의원님께서 도착하셨습니다."

화수와 리처드는 자리에서 일어나 그를 맞이할 준비를 서둘렀다.

"잘되겠지요?"

리처드의 물음에 화수는 슬그머니 미소를 지었다.

"그거야 모르지. 하지만 어쩌겠어. 부딪쳐 보는 수밖에."

리처드와 함께 일어선 화수는 문이 열리자마자 고개를 숙였다.

"안녕하십니까?"

이윽고 들어선 마정식은 다소 날카로운 인상을 그대로 유지한 채로 꾸벅 고개를 숙였다.

"반갑습니다. 얘기는 많이 들었습니다. 혁신적인 철도 기술을 실현시키셨다고요?"

"과찬이십니다."

인상이 조금 차갑고 날카로워 보이긴 하지만 생각처럼 그렇게 딱딱한 사람은 아닌 듯했다.

"일단 앉읍시다. 밥 먹으러 왔으니 밥부터 먹고 얘기하시죠."

"예, 알겠습니다."

화수와 리처드는 그를 따라서 자리에 앉은 후, 그가 묻는 일상적인 질문에 답했다.

"대전에서 사업을 하신다고요?"

"예, 그렇습니다. 대전에서 작은 고물상과 중고차 판매장을 경영하고 있습니다."

"작다니요. 들자 하니 벌어들이는 돈이 꽤 된다고 하던데."

"아닙니다. 아직은 구멍가게에 불과합니다."

"겸손한 청년이라……. 아주 보기 좋아요."

"감사합니다."

이윽고 그는 리처드에게 물었다.

"이쪽은 오리지널 한국 사람이 아닌 것 같습니다만?"

"예, 영국계 혼혈입니다. 최근까지 베트남 국적으로 살아왔습니다."

"그렇군요. 어쩐지 이국적이라고 생각했습니다. 보기 드문 미남이군요."

"과찬이십니다."

두 사람이 정중하게 질문에 답하는 동안 차례대로 식사가 줄을 지어 나왔다.

마정식은 식사를 하면서 오늘 자신이 이 자리에 나온 것에 대해 설명했다.

"젊은 청년사업가 두 분께서 저를 보고 싶어 하신다고 들었습니다. 처음엔 무슨 이유일까 생각하다 끝내는 한번 만나

보는 것도 나쁘진 않겠다 싶어 나왔습니다. 동해안 철도물류에 대해 관심이 많다고요?"

"예, 그렇습니다. 동해안 철도물류는 물론이고 끊어진 폐노선을 이어 물류의 대동맥을 다시 잡는 것이지요."

"으음, 폐노선을 다시 재정비한다? 그렇게 하자면 꽤 많은 자금이 들 텐데요?"

화수는 고개를 가로저었다.

"결코 그렇지 않습니다. 지금 제가 가진 장비들을 이용한다면 전 노선을 50억 내외로 만들어낼 수 있습니다."

"오호라, 어떻게 그럴 수 있죠?"

"지금 남아 있는 폐노선에 레일을 덧붙여 사용하는 겁니다. 유실된 부분은 복구하고요."

마정식은 무릎을 쳤다.

"그렇군요. 그렇게 된다면 돈이 훨씬 더 절약되겠군요."

"예, 그렇습니다. 게다가 제가 사용하는 장비의 운용비는 아주 저렴하기 때문에 싼값에 튼튼한 철도를 만들 수 있지요."

"흐음……."

마정식은 화수의 제안이 마음에 들면서도 걸리는 것이 많은 모양이다.

"지금 정부에선 폐노선을 민간에게 양도한다고 발표했습

니다. 이런 상황에 노선을 부활시키는 것이 가능할까요?"

"민간 자본으로 만든다면 가능하지 않겠습니까?"

순간 마정식의 표정이 살짝 일그러졌다.

"민간 자본으로 철도를 놓는다?"

"정부와 지분을 나누어 만들고 제가 개발한 기차를 굴린다면 충분히 가능성이 있습니다. 그렇게 되면 정부의 예산에도 큰 지장을 주지 않을 겁니다."

"으음……."

마정식은 낮게 신음하다 이내 입을 열었다.

"하지만 이건 그렇게 간단한 문제가 아닙니다. 철도 민영화는 야당이 여당을 압박하기 위해 만들어낸 결의안이기도 합니다. 그러니 다시 이 문제를 꺼내 들었다간 뭇매를 맞을 수도 있지요."

"그런 문제가……."

"또한 민간에서 자본을 조달한다고 해도 당장 수요가 많아야 물류로서 인정을 받을 수 있을 겁니다. 그렇지 않으면 그저 긁어 부스럼을 만드는 격이 되고 말아요."

그는 특유의 날카로운 인상을 최대한 숨기고 있었지만 그 눈빛은 똑바로 바라보기 부담스러울 정도 번쩍거리고 있었다.

하지만 화수의 제안이 그렇게까지 나쁘지는 않은 듯 마정식은 옅은 미소를 띠고 있다.

"아무튼 이 문제에 대해선 한번 심도 있게 논의해 볼 필요가 있겠군요."

"그래주시겠습니까?"

"젊은 청년들이 우리나라 물류를 걱정하는 것은 아주 좋은 일이지요. 더군다나 그런 야망을 이루기 위해 여기까지 온 것도 대단하고요. 하지만 실현 가능한지는 조금 더 두고 봐야 할 일인 것 같군요."

마정식은 화수에게 명함을 한 장 건넸다.

"제 개인 연락처입니다. 혹시 모르니 기자들에게 발각되지 않도록 비서실엔 알리지 말고 개인적으로 연락 주세요."

"가, 감사합니다!"

꾸벅 고개를 숙이는 화수를 바라보며 마정식은 함께 고개를 숙였다.

"별말씀을요."

이윽고 그는 계속해서 식사를 이어나갈 것을 제안했다.

"얘기는 끝났지만 음식은 다 먹어야겠죠? 식사는 제가 살 테니 편하게들 들어요."

"하지만……."

"장유유서라고 하지요. 젊은 청년들에게 식사를 얻어먹을 수는 없지요. 나이가 어린 사람의 특권이라고 생각하고 많이 들 들어요."

조금 망설이는 리처드를 대신해 화수가 꾸벅 고개를 숙였
다.

"감사합니다. 그럼 다음 식사는 저희가 대접할 수 있도록
해주십시오."

"하하, 그래요. 하지만 다음번엔 조금 소탈한 자리에서 반
주도 한잔했으면 좋겠네요."

"여부가 있겠습니까?"

붙임성 있게 다가선 화수가 마음에 든 모양인지 마정식은
거부감 없이 식사를 이어나갔다.

*　　　*　　　*

마정식의 말에 따르자면 민간 물류를 주도할 거대 세력이
필요한데, 그만한 민간 세력은 오로지 하나밖에 없다고 했다.

만약 화수가 민간 물류를 성공시키자면 한국 물류업계의
1위인 산정물산을 설득해 주변의 물류기업들을 응집시켜야
했다.

산정물산은 대한민국 10대 대기업에 들어가는 기업 집단
산정그룹의 지주회사로서, 전자와 금융 등 산하에 40개의 상
장, 비상장 계열사를 거느린 초대형 기업 집단이었다.

이들을 설득시키는 것이 쉽지는 않겠지만 그것보다 더 힘든 것은 산정물산의 오너를 만나는 일이었다.

국회의원 마정식을 만난 것도 천운이지만 그것보다 훨씬 더 힘든 것이 바로 산정물산의 회장 김명철을 만나는 것이었다.

김명철은 재계 순위 10위의 대부호이면서도 재계 300위 밖으로 밀려났던 산정물산을 일으키고 글로벌 기업으로 키운 인재이다.

아직 60대의 비교적 젊은 나이에 이 엄청난 그룹을 일군 천재 사업가인 그를 만나는 것은 그야말로 하늘에 별 따기인 셈이다.

하지만 아주 방법이 없는 것은 아니었다.

산정물산이라는 초대형 제국의 수장 김명철에게도 약점이라는 것이 존재했던 것이다.

잘 알려져 있는 사실은 아니었지만 김명철에게는 반신불수 상태의 딸이 하나 있었다.

그녀는 원인 불명의 불치병에 걸렸는데, 꽃다운 10대 후반의 나이에 몸이 뒤틀리기 시작했다.

현재 나이가 지수와 비슷한 것을 감안하면 그녀 역시 꿈 한 번 제대로 펼쳐보지 못하고 병원신세를 지고 있을 것이다.

현대 의학으론 풀어낼 수 없는 병에 걸렸으니 김명철의 속

또한 상당히 타들어가고 있을 것이 분명했다.

화수는 그녀를 만나기 위해 양평에 있는 한 요양병원을 찾았다.

김명철은 그녀의 건강을 위해서 요양병원을 건립했는데, 이곳에는 그녀를 제외하고는 환자가 거의 없었다.

하지만 이곳에 상주하는 의료진은 국내 최고의 의술과 장비를 가지고 있었다.

돈이 얼마나 들었는지 하는 것보다는 이것을 건립하면서 김명철의 속이 얼마나 타들어갔을까 짐작이 가는 부분이다.

화수는 요양병원을 찾아가면서도 어쩐지 동병상련을 느끼고 있었다.

여름을 맞아 숲이 우거진 요양병원은 건물을 모두 흰색으로 칠해놓아 마치 정신병원과 같은 느낌이 들기도 했다.

병원 입구에 들어선 화수는 보안요원에게 기자 신분증을 건넸다.

"취재 차 왔습니다. 사전에 미리 양해를 구한 것으로 압니다."

리처드는 한국에 있는 뒷골목 심부름센터에서 기자 신분증을 위조해 두었는데, 그것이 자연스럽게 잠입하는 데 아주 요긴하게 쓰이게 됐다.

"들어가서 A동이라고 적힌 곳으로 가시면 됩니다."

보안요원은 그를 무사 통과시켰고, 화수는 유유히 차를 몰아 병원 주차장으로 향했다.

병원은 전체적으로 상당히 한산해 보였는데, 의사와 간호사들은 자신들의 일에만 집중할 뿐 아무런 대화도 나누지 않고 있었다.

"인간미라곤 아예 찾아볼 수도 없군."

한 사람을 위한 사설업체인 요양병원이라곤 하지만 이곳 역시 사람 사는 곳이다.

그들 또한 대화라는 것을 나눌 것이고, 10년 넘게 함께 동고동락했다면 분명 정이 쌓였을 것이다.

하지만 이상하게도 그들은 대화를 나누는 법이 없었다.

화수는 간호사 중 한 명에게 다가가 이곳에 입원해 있는 환자에 대해 물었다.

"말씀 좀 묻겠습니다. A동에 있는 환자들을 만나려면 어떻게 해야 하지요?"

"무슨 용무 때문에 그러시는데요?"

"저는 사회부에서 나온 기자입니다. 사설 요양병원에 대해 취재하던 중 이곳을 알게 되어 이렇게 찾아왔지요."

그녀는 다소 무미건조한 표정으로 간호사실을 가리켰다.

"A동 앞에 있는 작은 건물 보이시죠? 저기가 간호사 동이에요. 저쪽에 면회 신청을 하시면 본인의 의사에 따라 면회가 가능해요."

"감사합니다."

그녀는 화수가 고개를 꾸벅 숙이는데도 아무런 대답도 없이 자신이 갈 길을 갔다.

그런 그녀를 바라보며 화수는 살짝 인상을 구겼다.

"뭐 이런 사람이 다 있어?"

이윽고 그는 그녀가 알려준 대로 간호사들이 모여 있는 동으로 이동했다.

대부분의 병원은 남자 간호사도 몇 명씩 상주하고 있지만 이곳엔 그런 인력조차 없는 모양이었다.

가끔 보이는 남자 의사들을 제외하곤 모든 인력이 다 여자로 이뤄져 있었다.

요양병원이라곤 하지만 분명 환자를 이송하거나 의료기기를 작동하는 등의 작업이 필요할 것이다.

그럼에도 불구하고 남자가 아예 없는 것을 보면 필시 무슨 사정이 있는 모양이다.

화수는 간호사동의 창문을 두드려 사람을 불러냈다.

똑똑.

"계십니까?"

이윽고 수척한 몰골의 한 중년여성이 창문을 빠끔히 열어 고개를 내밀었다.

"무슨 일이십니까?"

"A동 환자들을 좀 만나고 싶어서 왔습니다. 저는 사회부 기자입니다."

그녀는 고개를 가로저었다.

"아마 힘들걸요?"

"힘들다니요?"

"A동에는 환자가 총 두 명 있는데 한 명은 식물인간이고 한 명은 반신불수거든요."

"반신불수라곤 해도 말은 할 수 있을 것 아닙니까?"

"그래도 인터뷰는 힘들어요. 그녀가 면회를 받아줄 리 없을뿐더러 면회를 받아도 당신이 버티지 못할 걸요?"

도대체 무슨 일이 있기에 사람이 사람을 상대하는데 벅차다는 소리를 다 할까 싶은 화수다.

"아무튼 제가 면회를 신청한다고 전해주시고 이것을 보여주십시오."

"이게 뭔가요?"

"그녀에게 아주 희망적인 것이라고 말해주시면 됩니다. 부탁 좀 드리겠습니다."

간호사는 귀찮다는 듯이 고개를 끄덕였다.

"아무튼 알겠어요. 저기 있는 쉼터에서 잠시만 기다리시면 금방 불러드릴게요."

"감사합니다."

화수는 병원 전체가 금연 구역이라 담배는 못 피우고 커피라도 한 잔 마실 요량으로 쉼터를 찾았다.

여기저기 자판기가 설치되어 있긴 하지만 그나마 마실 만한 음료가 있는 곳은 쉼터가 유일했다.

주변의 풍경을 구경하고 쉼터에 들어선 화수는 본의 아니게 간호사들의 수군거림에 귀를 기울이게 되었다.

"정말이지, 이 짓거리도 이젠 더 이상 못해먹겠어."

"그러게 말이야."

"얘기 들었어? 얼마 전에 그만둔 선희 씨 있잖아? 정리해고 당했대."

"왜? 어째서?"

"몰라. 병원 내에서 잡담을 너무 많이 하는데다 핸드폰까지 사용했다는 것 같던데?"

화수는 고개를 갸웃거렸다.

'무슨 병원이 잡담하는 것으로 사람을 잘라?'

쉽사리 이해가 가지 않는 부분이다.

일단 그는 그녀들의 대화에 조금 더 귀를 기울이기로 했다.

"하여간 돈 많이 주는 것 빼곤 괜찮은 구석이 하나도 없는 병원이라니까."

"나는 다음 달에 이곳을 나가기로 했어. 더 이상은 정신병이 걸릴 것 같아서 못 버티겠어."

"후우, 나도 양육비만 아니면 옛날에 그만두었을 텐데……."

그녀들은 돈 때문에 이곳에 붙어 있으면서도 항상 이곳을 떠날 생각에 가득 차 있는 듯했다.

도대체 이곳이 왜 그녀들을 떠나게 만들고 있는 것일까?

화수는 더 자세한 내막이 궁금해 정체를 드러내기로 했다.

"수고들 많으십니다. 사회부 기자 강현수라고 합니다."

그녀들은 잡담을 나누다가 이내 표정을 굳혔다.

"흠흠, 그런데요?"

"죄송합니다만, 병원 사정에 대해 좀 알려주실 수 있습니까? 제가 기사를 쓰는 데 도움이 될 것 같아서 말입니다."

화수의 부탁에 그녀들은 정색했다.

"그럴 수는 없죠. 당신 때문에 우리가 일자리를 잃을 수는 없잖아요?"

"일자리를 잃어요? 그냥 몇 마디 건넨 것뿐인데요?"

"원래 세상의 어떤 직장도 그 직장만의 룰이 있잖아요. 우리 역시 그런 룰이 있어요. 그러니 쓸데없이 너무 많이 알려고 들지 말아요."

그는 이 여자들이 자신에게 속내를 다 털어놓지 않으리라는 사실을 이미 알고 있었다.

하지만 그럼에도 그가 말을 건 것은 순전히 그녀들의 반응을 살피려는 이유였다.

내부 사정에 대해 말하자 곧바로 직장의 명운에 대해 말하는 것을 보면 필시 이곳은 외부인과의 접촉을 금기시하고 있음이다.

만약 이곳의 사무장을 꾀어내지 못했다면 화수는 아예 출입조차 할 수 없었을지도 모른다.

'딸의 상태를 외부에 알리고 싶지 않아서 일부러 A병동에 반신불수가 있다고만 말한 것이군.'

그는 비공개로 이 병원을 지으면서 딸에 대한 소문을 철저히 숨기고 있었다.

아마도 그녀가 그의 가장 소중한 사람이면서도 최고의 약점이 될 수 있기 때문일 것이다.

화수가 그녀들에게 인사를 건네고 돌아서려던 바로 그때, 수간호사가 부른다.

"기자님, 저쪽에서 면회를 하겠다고 하네요."

"정말입니까? 감사합니다."

이윽고 그녀는 화수에게 흰색 통을 하나 꺼내 들었다.

"여기에 통신기기와 녹음기 등을 모두 다 담아주세요. 물론 영상기기와 필기도구도 안 됩니다."

"필기도구도 안 된다고요?"

"물론이죠. 어서 담아주세요. 그렇지 않으면 면회는 안 돼요."

그는 수간호사가 시키는 대로 소지품을 몽땅 다 집어넣었다.

"됐지요?"

"네, 이쪽으로 따라오세요."

화수는 그녀를 따라 A병동으로 향했다.

*　　　*　　　*

A병동에 있는 두 명의 환자 중 유일하게 말을 할 수 있는 김찬미의 병실은 일반적인 사람이 살림을 하며 살아도 될 정도로 넓었다.

그녀는 화수가 병실에 들어서자마자 조금 짜증 섞인 목소리로 말했다.

"그냥 들어오면 어떻게 해요? 철저하게 소독을 하고 환자복으로 갈아입고 와야죠."

"환자복으로 갈아입어야 합니까?"

"그게 위생상 좋잖아요. 어디서 그런 더러운 균을 가지고 들어오려고……."

화수는 이제까지 그런 소리를 들은 적이 없기 때문에 조금 당혹스러운 표정을 지었다.

"아, 알겠습니다. 일단 옷을 갈아입고 올게요."

"오시는 김에 온몸을 다 소독하고 와요. 잘못해서 나에게 합병증이라도 일으키면 곤란하니까요."

어쩌면 그녀에겐 세균에 대한 결벽증 같은 것이 있는지도 모르겠다.

아마도 태어나 청소라는 것을 한 번도 해본 일이 없을 그녀이니 그럴 수도 있을 것이다.

화수는 병실을 빠져나와 간호사들에게 사정을 설명했다.

그러자 그녀들은 투덜거리면서 옷을 건넸다.

"또 시작이군. 저기 보이는 탈의실에 들어가서서 갈아입고 소독실로 들어가세요. 거기서 소독약으로 손발을 다 닦고 에어샤워로 균을 날려주세요. 그런 후에 입장하시면 됩니다."

무슨 면회 한 번 하는데 수술방으로 들어가는 의사보다 더 청결에 신경을 써야 하다니, 그녀의 결벽에 혀를 내두르는 화수이다.

하지만 그녀와 얘기를 할 수 있는 절호의 기회이니 일단 시키는 대로 하기로 했다.

슥삭슥삭…….

의학 드라마에서나 보던 약품으로 손 세정을 마친 화수는 곧장 에어샤워실로 들어가 바람을 쏘였다.

솨아아아아아아!

"무슨 실험실에 들어가는 것 같은 느낌이군."

이윽고 그는 깔끔해진 모습으로 다시 병실을 찾았다.

하지만 그녀는 이번에도 뭔가 마음에 들지 않는 모양이었다.

"머리가 헝클어졌어요. 다시 감고 와요."

"지금 당장 말입니까?"

"면회하기 싫어요? 그럼 돌아가던가요."

이제 보니 간호사들이 김찬미에게 질렸다고 말한 것은 아마도 이런 결벽증 때문인 듯했다.

'이러니 사람들이 질려서 도망가지.'

생각 같아선 이대로 돌아서 가고 싶지만 어쩔 수 없었다.

화수는 다시 샤워실로 향했다.

*　　　　*　　　　*

무려 열 번의 심사 끝에 겨우 통과해 병실에 들어선 화수는 반신불수인 그녀와 대화를 나눌 수 있었다.

그녀는 상당히 공격적인 상태로 보였는데, 아마도 오랜 병실 생활로 심신이 많이 지쳐 있는 듯했다.

"그래, 뭐 뜯어먹을 것이 있어서 나를 찾아왔죠?"

"그냥 궁금한 것이 몇 개 있어서 온 겁니다. 그리고 제가 건넨 자료에 대해 궁금한 것이 있을 것 같고요."

김찬미는 화수가 건넨 파일을 다시 한 번 곱씹어보며 말했다.

"지금 이런 사기를 나더러 믿으라는 건가요?"

화수는 고개를 가로저었다.

"거기 의사들의 직인이 보이지 않습니까? 그건 대학병원에서 직접 뗀 증명서입니다. 정 의심이 된다면 병원에 전화를 해보시던가요."

"…정말 이 병이 완치가 가능하다는 소리인가요?"

"환자의 의지만 강력하다면요."

화수가 그녀에게 건넨 것은 지수의 사례가 담겨 있는 파일이었다.

파일에는 그녀가 원인 모를 불치병에 걸린 시점부터 완치에 가까워져 있는 지금까지의 모습이 모두 담겨 있었다.

그리고 치료 완료를 예상한 의료진의 소견과 함께 그들의 서명까지 함께 들어 있다.

아무리 의심이 많은 사람이라고 해도 이 사실을 곡해해서 알아듣지는 않을 것이다.

화수는 지수가 지금 생활하는 모습을 영상으로 담아 그녀에게 보여주었다.

"보면 아시겠지만 지금 저희 누나는 혼자서 정상적으로 돌아다닐 수 있을 정도로 건강해졌습니다. 물론 예전의 아름답던 모습도 되찾았고요. 지금은 돌아다니면 남자들이 눈을 돌릴 정도로 미모가 뛰어난 여자가 되었지요."

어려서부터 발레를 전공한 김찬미는 서울권에서도 따라올 자가 없을 정도로 촉망받던 인재였다.

그런 그녀가 식물인간에 가까운 상태가 된 것은 이 원인 모를 불치병 때문이었다.

만약 김찬미에게 건강이라는 것을 선물한다면 그녀는 영혼이라도 팔아서 보은할 것이다.

이 세상엔 돈으로 살 수 없는 것들이 분명 존재하기 때문이다.

"건강해지고 싶다면 제가 도와드릴 수 있습니다. 당연히 저를 믿는다는 가정하에서 말입니다만."

"…내가 당신을 어떻게 믿어요?"

"지푸라기라도 잡는 심정으로 저를 한번 믿어보십시오. 후회하진 않을 겁니다."

"만약 당신이 틀렸다면요?"

"처음부터 그렇게 생각한다면 시술을 할 수가 없습니다. 아예 깔끔하게 포기하는 편이 낫지요."

화수는 그녀에게 옛날 발레 콩쿠르에서 금상을 받은 사진을 보여주며 말했다.

"이런 모습을 되찾고 싶다면 저를 믿는 편이 좋을 겁니다. 대신 아무런 의구심도 갖지 말아야 합니다."

"그런 말도 안 되는 소리가 어디 있어요? 사람이 누군가와 거래를 하자면……."

그는 고개를 가로저었다.

"그럼 이 얘기는 없던 것으로 합시다. 저 역시 저를 못 믿는 사람과는 얘기할 생각이 없거든요."

"뭐, 뭐예요?!"

이윽고 화수는 곧장 자리에서 일어서서 돌아섰다.

"그럼 쾌유를 빕니다. 저는 이만……."

바로 그때였다.

"자, 잠깐!"

"왜 그러십니까?"

"…정말 자신 있어요?"

"말하지 않았습니까? 당신이 의지를 갖고 있어야 완치가 가능하다고요. 그렇지 않다면 애초에 포기하는 편이 좋아요."

"그 의지에 믿음까지 포함하는 건가요?"

"물론입니다."

아주 찰나의 순간 그녀는 생각에 잠겼다가 입을 열었다.

"그럼 일단 얘기라도 한번 들어볼게요."

"얘기를 들었다가 영 아니다 싶으면요?"

"당연히 내쳐야지요. 몰매를 안 맞는 것이 다행인 줄 아세요."

화수가 조사한 바에 따르면 그녀는 지금까지 수백 가지가 넘는 치료와 민간요법을 받아왔다.

그 과정에서 탈이 난 경우도 있고 오히려 건강이 악화된 적도 있었다.

하지만 그렇게 뒤통수를 맞아가면서도 그녀가 치료를 포기할 수 없었던 것은 순전히 작은 희망 때문이었다.

사람에게 가장 괴로운 고문은 신체적인 고통이 아니라 쓸데없는 희망을 품도록 유도하는 것이다.

그녀는 지금까지 희망 고문에 지속적으로 당해온 바람에 신뢰라는 것을 아예 잃어버린 모양이었다.

그러니 당연히 찬미 또한 이렇게 이상하게 변할 수밖에 없었던 것이다.

그런 가운데 지수의 케이스를 예로 들면서 완치를 주장하는 사람이 나타났으니 가슴이 뛰면서도 한편으론 상당히 불안해하고 있을 것이다.

화수는 그녀에게 단 한마디로 자신이 시행할 시술에 대해 말했다.

"이 시술이 성공한다면 당신은 세계 최고의 발레리나가 될 수 있을 겁니다."

"하지만 만약 실패한다면요?"

"아무런 이상도 없을 겁니다. 그냥 지금처럼 더 나아지지도 않고 더 나빠지지도 않은 채로 살아갈 테지요."

"……."

화수는 그녀를 조금 더 다그치기로 한다.

"할 겁니까, 말 겁니까?"

"…합시다, 해요."

"정말입니까?"

"하지만 그전에 제대로 된 설명은 하고 시작합시다."

"물론이지요."

화수는 그녀에게 마나요법에 대해 설명했다.

5장

그녀의 사정을 돌보다

　2007년, 한국의 대표 예술대학인 한국예술종합학교에 볼쇼이발레단에 수석 입단한 소녀가 있었다.

　그녀는 고등학교를 다니던 시절까진 그다지 큰 두각을 나타내지 못하다가 대학에 진학하자마자 자신의 특기를 유감없이 발휘했다.

　그리고 스무 살이 되던 해 우연히 러시아에서 개최한 콩쿠르에 출전해 2위로 입상하는 기염을 토해냈다.

　세계 최고의 발레단에서 그녀를 스카우트하겠다며 러브콜을 보냈고, 그녀는 영예의 볼쇼이 발레단에 수석으로 입단했다.

하지만 그녀의 날개는 스무 살이 되고 난 후 불과 3개월 만에 꺾이고 말았다.

어느 순간부터 손이 조금씩 동그랗게 말리기 시작하더니 이내 손과 발에 마비가 왔다.

손과 발의 마비는 팔과 다리에, 그리고 척추와 안면까지 퍼졌다.

그렇게 다시 3개월이 흘렀을 때엔 이미 몸의 절반 이상을 사용할 수 없는 반신불수 상태가 되고 말았다.

의사들은 이 질병에 대해 끊임없이 연구했지만 뚜렷한 원인을 찾아낼 수가 없었다.

원인을 알 수 없으니 당연히 치료는 꿈도 꿀 수 없었고, 결국 그녀는 장애인이 되어 남은 삶을 살아갈 수밖에 없었다.

재벌가 10순위 안에 그 이름이 오른 산정그룹 딸의 기구한 운명은 여기서부터 시작되었다.

공인이자 대기업 총수이던 그녀의 아버지 김명철은 자신의 딸이 불치병에 걸린 것을 극구 숨겼다.

분명 이것은 전염병도 아니고 그녀가 잘못해서 걸린 성병도 아니었다.

하지만 그는 딸이 마치 괴물이라도 된 양 그녀를 숨기기에

급급했고, 결국 그녀는 버림 받듯이 요양원에 맡겨졌다.

그러다 기자들이 냄새를 맡고 그녀를 추적해 오자, 그는 아예 요양병원을 통째로 지어서 그녀를 숨겨 버렸다.

급기야 그녀는 가족조차 행방을 알 수 없는 요양병원에 갇혀 지내는 죄수 아닌 죄수가 되고 말았다.

그녀의 모친은 벌써 10년 동안 그녀를 찾아 헤매고 있었지만, 아직도 작은 소식조차 듣지 못하고 있었다.

기업의 이미지에 타격이 될까 두려워한 총수 아버지의 결단은 모정마저 무시해 버린 것이다.

결국 혼자가 된 그녀는 병원 사람들과 소통하기 위해 입을 열었지만 돌아오는 것은 차가운 냉대뿐이었다.

김명철 회장은 평균 급여의 무려 세 배에 달하는 임금을 지급하면서 자신의 딸과는 일체 말을 섞지 말라는 조건을 내건 것이다.

반신불수의 몸으로 자살 시도조차 제대로 할 수 없는 그녀는 죽지 못해 사는 인생을 벌써 10년째 이어오고 있었다.

*　　　*　　　*

자신의 얘기를 모두 꺼내놓은 그녀의 눈가에 어느새 눈물이 고여 있다.

"…비정한 아버지죠. 아니, 그런 사람을 아버지라고 불러야 한다는 것이 억울할 뿐이군요."

비뚤어진 부정도 아닌, 이것은 그저 자신의 회사를 위해 딸을 죽여 버린 것과 별반 다를 것이 없었다.

화수는 한동안 말이 없다 이내 살며시 그녀의 어깨를 감싸 쥐었다.

"나도 잠시나마 당신을 사업적인 용도로 이용하려 했습니다. 지금… 죄책감이 밀려오네요."

짐짓 무거운 표정을 짓는 화수를 바라보며 그녀가 반쪽짜리 얼굴을 와락 구겼다.

"흥! 역시 당신도 그런 목적에서 나를 찾아온 것이군요? 하긴 얼굴도 모르는 생면부지 남을 도와준다고 찾아온 것부터가 수상했어요."

그는 차마 고개를 들 수 없었다.

"미안합니다. 처음부터 그런 의도는 아니었습니다만, 어쩌다 보니 내가 똑같은 사람이 되어가고 있었군요."

김찬미는 쓸쓸하게 웃었다.

"세상 모든 일에는 인과가 있고 계기가 있기 마련이죠. 만약 당신이 그저 나를 도와주기 위해 왔다고 위선을 떨었다면 나는 당신을 믿지 못했을 거예요. 차라리 당신처럼 솔직하게 자신의 목적을 말하는 편이 믿음이 더 가는 법이죠."

그녀는 화수의 치료법에 전적으로 동의하기로 했다.

"듣자 하니 당신의 누나도 나와 같은 병이었다면서요?"

"신경 조직이 제 기능을 못하는 병입니다. 신경계를 재구성해야 나을 수 있어요."

김찬미는 고개를 갸웃거렸다.

"이 세상에 신경계를 재구성할 수 있는 사람이 존재하나요?"

"상식적으론 설명하기 힘든 현상이 이 세상엔 많습니다. 제가 하고자 하는 치료도 그중에 하나라고 보시면 됩니다."

"아하, 이를테면 민간요법 같은?"

"그것과는 조금 다른 개념입니다만 그렇게 생각하셔도 무방할 것 같군요. 어차피 제가 하려는 치료는 과학으론 절대로 풀어낼 수 없는 것이니까요."

화수는 자신이 가지고 온 수액에 마나코어를 곱게 간 가루를 집어넣었다.

스르르릉!

그녀는 옅은 파란색 가루를 바라보며 환하게 웃었다.

"우와! 이게 뭔가요? 정말 아름답군요!"

"그렇죠? 대기 중에 떠도는 자연의 기운을 응축시킨 가루입니다. 보통 일반인 눈에는 잘 보이지도 않는 것이지요. 하지만 그것을 수백 배 압축시키면 이렇게 눈에 보이는 결정체가 되어 나타나게 됩니다."

화수는 마나코어 가루를 수액에 넣고 잘 흔든 후 그것을 그녀의 팔뚝에 주사했다.

"조금 따끔합니다."

"알아요."

그는 아주 능숙하게 혈관을 찾아 마나코어 가루를 주입시켰다.

마나코어가 몸을 타고 들어가자 그녀의 혈관이 파랗게 빛나기 시작했다.

우우우웅!

혈액을 타고 체내로 들어간 마나가 인체와 만나 반응하면서 나타나는 현상이었다.

한데 화수가 보기엔 그 현상이 평소보다 더 진하고 확연하게 나타나는 것 같았다.

'타고났군.'

이렇게 마나가 잘 반응한다는 것은 그녀가 자연 친화력이 남들에 비해 월등이 높다는 뜻이다.

만약 그녀가 마법을 배워 마도학에 입문한다면 대성할 수도 있을 것 같았다.

하지만 지금과 같은 현대 시대에 마도학을 제대로 공부할 사람은 아마도 없을 것이다.

일반적인 상식으론 마법이라는 개념 자체를 이해할 수 없기 때문이다.

이윽고 그는 그녀에게 수면 마법을 시전하기로 했다.

"이제부터 내가 당신을 재울 겁니다. 그리고 당신이 자는 동안 나는 당신의 심장에 자연의 기운을 응축시킬 겁니다. 그렇게 되면 당신의 몸이 서서히 변해갈 거예요."

"알겠어요."

화수는 그녀를 바라보다 이내 손가락을 튕겼다.

"슬립!"

딱!

"아아……."

그녀는 순식간에 잠에 빠져들었고, 화수는 흩어져 있는 마나코어 가루를 심장 부근으로 모여들게 했다.

츠츠츠츠츠!

순식간에 심장 부근으로 모여든 마나코어 가루는 그녀의 심장 절반을 비워내며 그 자리를 차지하기 시작했다.

'너무 빠르다. 이건……?'

마나코어가 알아서 자리를 잡는다는 것은 마법사들조차 쉽게 할 수 없는 일이다.

아마도 그녀는 선천적으로 마법을 사용하기에 최적화된 몸을 가지고 태어난 모양이었다.

만약 그녀가 상아탑과 같은 엘리트 기관에 들어갔다면 세계 최고의 마도사가 될 수도 있었을지도 모른다.

이윽고 그녀에게서 손을 뗀 화수는 다시 한 번 손가락을 튕겼다.

따악!

그러자 그녀는 아무렇지도 않다는 듯이 눈을 떴다.

"으음, 제가 얼마나 잔 거죠?"

"5분도 채 지나지 않았습니다."

"원래 이 시술이라는 것이 이렇게 쉽게 끝나는 건가요?"

화수는 고개를 가로저었다.

"원래는 흘려 넣은 가루의 1/10이 탈락되어 혈관 속으로 녹아들었다가 배변과 함께 밖으로 배출됩니다. 하지만 당신은 100% 모두 흡수했습니다."

"좋은 건가요?"

"선천적으로 자연 친화력이 뛰어난 몸을 타고 태어났어요. 잘하면 빠른 시일 내에 일반인의 몸으로 돌아올 수 있겠어요."

"정말인가요?!"

화수는 묵묵히 고개를 끄덕였다.

이윽고 자리에서 몸을 일으킨 그녀는 스스로 자신의 왼팔을 움직여 보았다.

"어, 어라? 팔이 움직이네?!"

순간, 화수는 화들짝 놀라 그녀를 바라본다.

"파, 팔이 움직여요?!"

"네! 이것 좀 봐요!"

화수는 재빨리 그녀의 몸속에 마나를 흘려보내 신경 체계가 어떻게 변화했는지 알아보았다.

우우우웅!

"이, 이건……."

"무해합니다. 가만히 계세요."

이윽고 그는 마나가 신경 체계를 벌써 재구성하고 있음을 깨달았다.

'마나와 한 몸, 아니지. 그 이상의 친화력을 가지고 있다. 이 여자는 천재야!'

그녀의 몸에서 손을 뗀 화수는 감격스러운 표정을 지었다.

"당신은… 일주일 내로 일반인의 몸으로 돌아올 겁니다. 제가 장담하지요."

"고맙습니다! 정말 고맙습니다!"

특유의 톡톡 쏘는 말투는 온데간데없고 그녀는 어느새 화수에게 깊이 고개를 숙이고 있었다.

그만큼 그녀의 삶이 처참했다는 뜻일 것이다.

화수는 그런 그녀의 어깨를 살며시 두드려 주었다.

*   *   *

이제는 기자 신분증이 없이도 자유롭게 병원에 드나들게 된 화수는 매일 그녀의 몸에 마나코어 가루를 주입시켰다.

주입 나흘째.

화수는 점점 감정이라는 것이 없어져 가는 그녀를 느낄 수 있었다.

"고마워요."

"아닙니다."

화수에게 감사를 표하는 그녀의 얼굴엔 감정이라곤 전혀 찾아볼 수 없는 사막과 같은 얼굴이다.

무려 척추가 자유자재로 움직이고 있었지만 그녀는 여전히 미소조차 짓지 않고 있었다.

아마도 마나코어가 심장을 잠식하면서 감정을 조절하는 기관이 마비되어 가는 듯했다.

이제 곧 그녀는 추위를 느낄 수 없고 더위와 고통에 무감각한 마도병기로 탈바꿈할 것이다.

하지만 화수는 그런 그녀를 가만히 내버려 두기로 했다.

마나에 대한 친화력이 높은 사람은 마나코어가 심장을 잠식해도 금방 감정을 되찾기 때문이다.

심장은 차갑게 식어 있지만 사회에 대한 통념은 여전히 남아 있기 때문에 병원 생활을 하는 데는 지장이 없을 것이다.

화수는 그녀의 손을 살며시 잡으며 말했다.

"지금 당장은 기쁨이나 슬픔과 같은 감정을 느낄 수가 없을 겁니다. 하지만 몸이 완전히 낫고 나면 아마 감정선이 그 자리를 되찾게 될 거예요. 제가 장담합니다."

"그래요."

마치 마리오네트처럼 화수의 손에 이끌려 움직이던 그녀는 이내 눈을 감았고, 화수는 그녀의 팔에서 바늘을 제거했다.

치료 6일째, 그녀는 드디어 두 다리와 팔을 움직일 수 있는 경지에 이르게 되었다.

그리고 서서히 잃어버린 웃음을 되찾기 시작했다.

저 멀리서 차를 타고 나타난 화수를 바라보며 그녀는 환하게 웃으며 손을 흔들었다.

"화수 씨!"

이제 거동이 가능해진 그녀는 화수가 오는 시간에 맞춰 정문에서 그를 기다리고 있었다.

화수는 그녀에게 주사할 마나코어 가루가 든 가방을 멘 채 차에서 내려 그녀를 맞았다.

"왜 나와 있습니까? 병실에 앉아 있으면 내가 알아서 찾아 갈 텐데."

그녀는 예전보다 훨씬 더 풍부해진 감성으로 화수를 대했다.

"에이, 그럴 수 있나요? 어떤 사람이 나를 찾아온다는 것이 얼마나 기쁜 일인데요."

이젠 감성이 서서히 돌아오는 그녀를 보고 있자니 화수의 기분도 덩달아 좋아졌다.

"내일이면 내가 장담한 일주일이 지나갑니다. 아마도 내일이면 심장이 완벽해져 남들에 비해 월등한 신체를 갖게 되겠지요. 그렇게 된다면 아마 당신이 원하던 발레를 마음껏 할 수 있을 겁니다."

찬미는 아주 작게 고개를 끄덕였다.

"그래요. 느껴져요. 내일이면 원래의 나보다 훨씬 더 뛰어난 내가 되어 다시 태어나겠죠."

"앞으론 외로움 없이 즐겁게 살아가십시오."

순간 그녀가 화수를 바라보며 뭔가 할 말이 있는 듯이 몸을 살짝 비틀었다.

"저……."

"무슨 일이십니까?"

그러다 그녀는 고개를 황급히 돌렸다.

"아니에요. 신경 쓰지 말아요."

"네, 알겠습니다."

별일이라는 듯이 고개를 갸웃거린 그는 그녀를 데리고 다시 병실로 향했다.

*　　　*　　　*

치료 일주일째.

그녀는 이제 완벽한 마도병기로서 그 모습을 갖추게 되었다.

이제 그녀의 근력은 일반적인 남성도 따라올 수 없을 정도이고 신체 능력 또한 일반인의 범주에선 생각조차 할 수 없는 경지였다.

게다가 뇌하수체가 발달하면서 뇌 기관까지 그 영향을 미쳐 지금 화수의 두뇌와 비슷한 수준까지 오르게 되었다.

그렇기 때문에 자신의 감정을 스스로 컨트롤하면서도 마도병기의 장점만 갖추게 된 것이다.

그녀는 완벽해진 신체를 갖게 되었음에 감사를 표했다.

"고마워요."

화수는 고개를 가로저었다.

"아닙니다. 당신의 의지가 없었다면 결코 이뤄질 수 없는 실험이었습니다."

이윽고 그녀는 저번에 자신이 하려던 말을 꺼내려 마음먹었다.

"저기… 화수 씨……."

"말씀하시죠."

그녀는 화수에게 깊이 고개를 숙였다.

"저를 제자로 받아주세요."

순간, 화수가 할 말을 잃고 그녀를 바라보았다.

"그, 그게 무슨……?"

"말 그대로입니다. 저를 제자로 받아주세요. 당신에게 모든 것을 배우고 싶어요."

화수는 고개를 가로저었다.

"아시다시피 이건 과학의 힘으론 결코 풀어낼 수 없는 겁니다. 이 학문을 붙잡고 있다간 골방 철학자가 되어 도태되고 말 겁니다."

그녀는 고개를 가로저었다.

"아니요. 지금 이 기술이라면 현대 과학과 융화시켜 새로운 분야를 개척할 수 있을 거예요."

화수는 그녀를 받아들이지 않기로 했다.

"미안하지만 이 학문은 제가 혼자서 안고 가야 할 짐인 것 같습니다. 당신은 함께할 수 없어요."

"하, 하지만……."

"미안합니다."

끝내 화수는 그녀를 등진 채 병원을 나섰고, 그녀는 멀어지는 화수를 바라보며 깊은 한숨을 내쉬었다.

쏴아아아!

추적추적 비가 내리는 어느 날, 화수는 자신의 집 앞에 쪼그려 앉아 있는 찬미를 발견했다.

"여긴 어떻게 알고 찾아온 겁니까?"

그녀는 우산도 없이 화수를 맞이했다.

"조금 늦으셨네요."

흠뻑 젖은 그녀를 바라보고 있자니 어쩐지 마음이 좋지 않은 화수이다.

"일단 들어오십시오. 들어와서 얘기합시다."

화수는 그녀를 데리고 집 안으로 들어왔다.

마침 바깥에 볼일이 있다고 나간 지수로 인해 집에는 아무도 없는 상태였다.

그는 지수의 옷 중 몇 개를 꺼내어 그녀에게 건넸다.

"마음에 드는 것으로 골라 입으시면 됩니다."

그녀는 화수가 건넨 옷을 받으려다 이내 고개를 숙였다.

"저를 제자로 받아주세요!"

"그건 이미……."

또다시 화수가 거절의 의사를 보이려 하자 그녀는 끝내 무릎까지 꿇으며 매달렸다.

"제자로 받아주지 않으시면 이대로 망부석이 되어버릴 겁니다!"

"찬미 씨, 그건……."

"받아주세요! 당신을 따라서 훌륭한 마도학자가 되고 싶습니다!"

마나요법에 대해 알면 알수록 그녀는 이것이 얼마나 대단한 것인지 몸소 알게 되었다. 그렇기에 포기할 수 없었다.

화수는 난감한 표정을 지었다.

"이것 참……."

"스승님!"

"좋습니다."

"저, 정말인가요!"

화수는 어쩔 수 없이 그녀를 받아줄 수밖에 없었다. 무엇보다 타고난 그녀의 자연 친화력이 대단하다는 생각을 했었기 때문이다.

"대신 마도학에 대한 것은 아무에게도 발설해서는 안 됩니다. 앞으로 이 일에 대해 아는 사람은 우리 둘뿐이어야 합니다. 아시겠습니까?"

"물론이죠!"

화수는 찬미에게 각서를 하나 건넸다.

"만약 마도학에 대한 것을 외부에 발설하면 마나코어를 적출한다는 내용의 각서입니다. 서명할 수 있습니까?"

자신의 생명을 걸겠다는 각서에 그녀는 흔쾌히 서명했다.

"어차피 이 학문에 목숨을 걸려고 한 것, 당신을 따르기 위해서라면 목숨도 버릴 수 있습니다."

화수는 찬미의 각서에 그도 서명을 했다.

측은지심으로 시작한 일이 어쩌다 보니 커졌고, 그녀의 재능 역시 썩히기 아까운 것이 사실이었다.

화수는 이렇게 된 김에 둘이서 마도학을 발전시킬 것을 다짐했다.

"어차피 이 학문을 연구할 수 있는 사람은 우리 둘뿐입니다. 그러니 열심히 연구해서 더 많은 성과를 만들어냅시다."

"물론이지요!"

두 사람은 뜨겁게 악수를 나누었다.

"잘 부탁합니다."

"저야말로 잘 부탁드립니다!"

이로써 화수는 현대의 마도학자 제자를 받아들이게 되었다.

*　　　*　　　*

순식간에 병이 나은 찬미는 서울에 있는 대학병원에서 완치 진단을 받았다.

의사들은 그녀의 완치가 현대 과학으론 도저히 설명할 길이 없는 기적이라고 입을 모았다.

그리고 그녀는 지금까지 얼굴을 보지 못하고 살아온 가족들이 있는 집으로 찾아갔다.

딩동!

비가 억수처럼 내리는 날, 초인종을 누른 그녀의 얼굴이 인터폰에 비쳤다.

그러자 현관문을 박차고 그녀의 모친이 버선발로 달려나왔다.

쾅!

"차, 찬미야?! 찬미야!"

집안의 유일한 딸인 찬미는 어려서부터 어머니에 대한 애정을 듬뿍 받고 자랐다.

그녀 역시 어머니에 대한 애착이 남달랐기에 그녀를 보자마자 눈물을 흘리기 시작했다.

"엄마!"

"흑흑, 우리 찬미! 어디를 갔다가 이제야 온 거니?!"

"미안해, 엄마!"

우산도 없이 비 오는 날에 상봉한 두 모녀는 온몸이 흠뻑 젖는 줄도 모른 채 서로를 끌어안고 오열했다.

그런 그녀를 따라서 가족들이 줄줄이 모습을 드러냈다.

"차, 찬미?!"

"오빠!"

"찬미야!"

그녀의 첫째 오빠와 둘째 오빠 역시 버선발로 달려 나와 그녀를 맞이했다.

"야, 이 멍청아! 도대체 어디에 갔다 이제야 온 거야?! 우리가 얼마나 찾은 줄 알아?! 경찰에서도 아무런 소식이 없어서 죽은 줄만 알았잖아!"

"미안해. 그럴 만한 사정이 좀 있었어."

"아무튼 돌아와서 다행이다. 네가 없어진 이후로 우리 집이 아주 초상집이 되었어."

두 오빠는 이제 좀 살 것 같다는 표정으로 가슴을 쓸어내리고 있다.

지극한 효자들은 아니지만 하루하루 말라가는 어머니를 바라보는 것이 못내 마음에 걸렸던 것이다.

가족의 품에 둘러싸여 있던 그녀는 이내 모습을 드러내는 아버지와 마주했다.

"아빠."

"차, 찬미야……."

그는 찬미를 보자 잠시 멈칫했지만 이내 크게 소리치며 오열하기 시작했다.

"아이고, 찬미야!"

찬미는 지금까지 자신을 감금시킨 것이 아버지라는 사실을 알면서도 끝내 태연하게 행동했다.

"…보고 싶었어요."

"그래, 그래! 나도 보고 싶었다. 이게 도대체 얼마 만이냐? 지금까지 도대체 어딜 갔다가 온 거야?"

"그럴 만한 사정이 있었어요. 자세한 건 집에 들어가서 하고 싶은데요."

찰나의 순간 그녀의 차가운 눈빛이 그를 스쳤고, 김명철은 조금 움찔거리는 듯한 모습을 보였다.

"크, 크흠! 그럼 그럴까?"

그녀의 오빠들은 지금 이 상황이 꿈만 같다고 난리를 치고 있었지만 김명철의 표정은 서서히 굳어가고 있었다.

*　　*　　*

　찬미는 지금까지 자신에게 있었던 일을 그대로 가족들에게 말해주었다.

　물론 자신이 억지로 요양병원에 억류되어 있던 것은 쏙 뺀 채였다.

　"…그래서 지금까지 연락을 못 드렸던 거예요."

　"그렇구나. 그래서 지금까지 어디에 있었는지 얘기할 수 없었던 거야. 세상에……."

　그녀의 모친은 아까부터 연신 눈물을 흘리고 있었다.

　"내가 전생에 무슨 죄를 지었으면 서른이 가깝도록 몸이 굳은 채 살아왔을꼬."

　"엄마……."

　"미안하구나. 엄마가 못나서 네가 그런 병에 걸린 거야. 미안해. 이 엄마가 정말 미안해."

　"아니에요. 엄마가 무슨 잘못이 있어요? 내가 그저 운이 없어서 이런 병에 걸린 것뿐인데."

　이윽고 그녀는 자신의 병을 치료해 준 사람에 대해 얘기했다.

　"내가 불치병 진단을 받고 요양기관에 맡겨졌을 때 기적적으로 나를 고쳐준 사람이 있어요."

"기적적으로 고쳐준 사람? 현대 의학으론 치료가 불가능하다고 하지 않았어?"

"물론 그랬어요. 하지만 그는 유일하게 치료법을 알고 있는 사람이었어요. 그의 누나 역시 같은 병에 걸려 있었거든요."

어머니는 화수에 대한 얘기가 나오자마자 반색하며 말을 꺼냈다.

"의, 의사니? 아니면 한의사?"

"아니. 그는 사업가예요. 대전에서 중고 수입차를 취급하며 살아가고 있대요. 원래는 고물상을 하다 최근엔 건설 장비를 가져다 수리해서 되팔고 있어요."

"그렇다면 기계 쪽 기술자인 것 같은데, 어떻게 의학에도 그렇게 조예가 깊대?"

"누나가 아파서 혼자서 백방으로 알아보다 우연히 치료법을 익히게 되었대요. 그러다 나를 만났고, 나는 운이 좋게 치료를 받을 수 있게 된 거지요."

"어머나, 그것 참 인연이구나! 지금 그 청년은 어디에 있어?"

"요즘은 사설 철도 물류를 만든다고 정신이 없어요."

그녀의 오빠들이 고개를 갸웃거린다.

"사설 철도 물류? 민간 철도를 말하는 거야?"

"응. 하지만 구상만 하고 있을 뿐 제대로 실행이 안 되고 있나봐. 법안을 통과시켜 주겠다는 국회의원은 있는데 이상적인 수요를 감당해 낼 업체들이 없어서 그런 모양이야."

"그럼 우리가 밀어주면 되겠네! 안 그렇습니까, 아버지?"

잠시 다른 생각에 잠겨 있던 김명철이 화들짝 놀란다.

"으, 으응?! 뭐라고?"

"그 청년이 민간 철도를 운영하려고 한답니다. 우리 찬미를 고쳐준 그 청년이 말입니다."

"그, 그렇군. 그럼 우리가 밀어주는 것이 마땅하지."

"당연하지요. 사람이 은혜를 입었으면 마땅히 갚아야 하는 것 아니겠습니까?"

"찬미를 고쳐주었으니 뭔가 증여라도 해야 하는 것 아닌가?"

"하긴 그것도 그렇지."

두 오빠는 이미 화수에게 뭔가를 주어야겠다며 신이 나 있지만, 김명철의 표정은 상당히 복잡해 보였다.

그의 아내는 그런 김명철을 바라보며 연신 고개를 갸웃거렸다.

"당신, 어디 아파요? 아까부터 안색이 좋지 않은데요?"

"뭐, 뭐? 내가? 에이, 그럴 리가 있나?"

항상 무게감 있는 행동과 말투로 주변의 호감을 사던 그가 오늘따라 허둥대고 있다.

그녀는 아마도 그가 딸 찬미를 찾아서 기쁜 나머지 정신을 못 차리고 있다고 생각했다.

"딸을 찾아서 그렇게 좋아요?"

"으, 으응?!"

"당신, 찬미 참으로 많이 아꼈잖아요."

"그, 그랬지! 맞아, 너무 좋아서 그래!"

찬미는 끝까지 뻔뻔한 얼굴로 일관하는 아버지라는 작자를 바라보며 속으로 이를 갈았다.

'언젠가는 내가 당한 꼴을 그대로 되돌려 줄 겁니다!'

그녀는 새로 자리 잡은 심장을 매만지며 계속해서 복수를 다짐했다.

* * *

화수는 찬미의 도움으로 김명철과의 회동에 초대되었다.

물론 그의 곁에는 두 아들과 부인인 정경희도 함께했다.

경희는 반듯한 인상에 예의가 바른 화수를 바라보며 감탄사를 연발했다.

"어쩜 요즘 청년답지 않게 예의도 바르고 겸손하고 언행까지 이렇게 말끔한지……. 그래, 부모님은 어디서 무얼 하시나요?"

"돌아가셨습니다. 지금은 누나와 두 의동생을 데리고 살고 있습니다."

"이런, 고생이 많았겠군요. 그럼에도 불구하고 이런 사업체를 일구었다니, 건실하고 든든한 청년이군요."

"과찬이십니다."

화수가 마음에 드는 것은 찬미의 오빠들도 마찬가지인 모양이었다.

"그나저나 의술은 어디서 배웠습니까?"

"전문적으로 배운 것은 아니고 그냥 의학 서적들을 두루 정독하다 우연치 않게 치료법을 고안해 냈습니다. 일반적인 치료법은 아니라서 다른 장애우들에겐 소용이 없다는 것이 단점이지요."

"그럼 어떻습니까? 이렇게 찬미를 치료를 했으면 됐지. 안 그래, 형?"

"그래, 맞아. 그리고 강화수 씨라고 했나요?"

"예, 그렇습니다."

"듣자 하니 민영 철도를 준비하고 있다고 하던데, 함께 추진해 보는 것은 어떻겠습니까? 허락해 주신다면 지분을 투자하고 철도가 운영될 수 있도록 힘을 쓰고 싶은데요."

화수는 그들의 제안에 꾸벅 고개를 숙였다.

"그래주신다면 영광이지요!"

"하하, 하지만 사업계획서를 보고 가망이 없다고 판단되면 언제라도 엎어버릴 겁니다. 각오는 되어 있겠죠?"

"물론입니다. 당장 오늘이라도 기차를 보여드리고 설명드릴 수 있습니다."

"그래요? 그럼 오늘 식사가 끝나는 대로 함께 대전으로 내려가 기차를 직접 봅시다."

"감사합니다!"

"감사는요. 감사는 오히려 우리가 해야지."

아까부터 아무런 말이 없던 김명철이 불현듯 화수에게 물었다.

"그나저나 자네는 우리 찬미는 어떻게 만나게 되었나?"

"사실은 제가 의학 잡지에 나온 이론들을 검증하기 위해 여기저기 취재를 다닌 적이 있습니다. 아직 제 누이의 병은 100% 완치된 게 아니거든요. 그때 우연히 만나게 되었습니다."

"으음, 그런가?"

김명철은 더 이상 말을 이어나갔다간 더 깊은 얘기가 나올 것 같았는지 화제를 바꿨다.

"기차를 운행시킬 준비는 모두 다 끝났고?"

"예, 그렇습니다. 이제 민영 물류를 원하는 업체만 모으면 됩니다. 의원님께서 도와주신다고 약속하셨으니 법안은 걱정하지 않아도 될 겁니다."

"그래, 알겠네. 그럼 우리도 투자하는 것으로 하지."

"감사합니다!"

이윽고 그는 태연하게 식사를 이어나갔다.

6장

휴식

삐비비빅! 삐비비빅!

탁!

화수는 시끄럽게 울리고 있는 시계를 껐다.

원래 늦장을 부리는 그가 이렇게 부지런을 떠는 이유는 바로 세라와의 데이트 때문이었다.

"으하하하함!"

화수가 씻고 나와 옷을 고르고 있는데 지수가 하품을 하며 나온다.

"뭐야? 왜 이렇게 일찍 일어났어?"

"나 바빠."

"게으른 놈이 일찍 일어나서 단장까지? 설마 데이트 나가니?"

"……."

화수는 입을 다물었다.

지수에게 그런 사실을 모두 털어놓을 수는 없기 때문이었다.

"아니야?"

"험험. 알아서 생각하쇼."

"쯧쯧, 데이트를 나가는데 옷이 그게 뭐니?"

"왜? 이상해?"

"어디 상견례 가니?"

지수는 혀를 쯧쯧 차며 화수에게 옷을 골라주었다.

옷을 입다 보니 정장 차림이 되었다. 회사에 출근하는 것도, 그렇다고 상견례에 나가는 것도 아닌 그에게 이런 옷이 가당키나 한 것인지 의문이다.

지수의 패션쇼가 시작되었다.

검은 바지에 검은 남방이다. 아주 무난한 패션이라고 할 수 있다.

"수수한데?"

"음, 이건?"

화수는 다시 옷을 갈아입었다.

이번에는 꽤 괜찮은 패션이다.

검은 계열의 옷이지만 곳곳에 포인트가 있고 무엇보다 갈색 단화가 꽤나 멋스러웠다.

"머리는?"

"어떻게 할까?"

"쯧쯧."

지수가 또다시 혀를 찬다.

웨이브가 들어간 머리까지 완벽하게 마쳤다.

"이 정도면 되었나?"

"완벽해!"

화수는 출격(?) 준비를 마쳤다.

다른 것도 아닌 여자를 만나러 가는 출격이다. 더욱이 첫 데이트이기 때문에 떨릴 수밖에 없었다.

그들이 만나기로 한 장소는 바로 문화의 거리였다.

L안경 앞.

이곳은 예로부터 만남의 광장으로 통하던 곳이다.

오늘은 주말이고 아직 이른 시간이었음에도 사람이 꽤나 많았다.

시계를 보니 9시다.

"너무 일찍 왔군."

화수는 의욕이 앞섰고, 워낙에 오랜만에 데이트를 준비하다 보니 이렇게 된 것이다.

화수는 지수의 말을 떠올렸다.

'잊지 마. 꽃이라도 한 송이 사가야 하는 것. 알지?'

화수는 지수의 당부를 잊지 않았다.

여자는 여자가 정확하게 알고 있다.

거의 여자에 대하여 문외한인 화수이기에 지수의 말을 특히 잘 들어야 했다.

화수는 꽃집으로 들어갔다.

"꽃 좀 주십시오."

"꽃을 달라……. 어떤 꽃을 뭘 얼마나 어떻게 달라는 것인지 정확하게 말을 하게."

늙은 노신사는 우아한 몸짓으로 꽃을 자르고 있었다. 꼭 은퇴를 한 후 꽃을 다듬고 있는 것 같은 느낌이다.

화수가 입을 다물고 있자 꽃집 주인이 묻는다.

"첫 데이트인가?"

"어떻게 아셨습니까?"

"허허허허, 꽃 장사만 40년을 했다네. 웬만하면 눈빛만 보아도 알 수 있지. 그래, 첫 데이트이니 장미꽃 한 송이가 적당하겠군."

"아니, 꽃집 주인이시면 많이 파실 생각을 하셔야지 손님에게 한 송이만 권하는 것이 말이 됩니까?"

"데이트를 망치는 것보다는 낫지 않겠나? 이렇게 한 송이를 사간 후 잘되면 자네는 단골이 될 것이니 말이야."

"그건 그렇군요."

화수는 늙은 노인에게 경영 원리에 대하여 한 수 가르침을 받았다. 뭔가 충격이 가시기도 전에 그는 붉은 장미 한 송이를 포장해 주었다.

"이 정도만 하여도 충분하네. 과하면 오히려 독이 될 수 있지."

"감사합니다, 어르신. 얼마입니까?"

"천 원이네."

"여기 있습니다."

화수는 만 원짜리 한 장을 주려다가 천 원을 꺼낸다.

꽃집 주인이 돈에 구애받는 사람으로 보이지 않았기 때문이다.

아직 시간은 남아 있었지만 화수는 여유롭게 그녀를 기다리기로 했다.

*　　　*　　　*

10시가 다 되어가고 있었다.

30분이나 기다리고 있었지만 그 기다림이 지루하지 않았다. 오히려 기다림이 즐겁기까지 했다.

이런 두근거림은 정말 오랜만이었다.

"화수야!"

"세라야!"

두 사람은 그렇게 마주하였다.

잠시 어색한 침묵이 흘렀다. 둘 다 지금이 첫 데이트라는 것을 인식하고 있기 때문이다. 화수는 그녀에게 꽃을 내밀었다.

"선물."

"어머!"

"험험. 지나가다 주웠어."

"정말 어느 시절의 멘트니? 여자를 꾀려면 조금 더 개발해야겠어?"

"여자 경험이 미천해서……."

"후후, 정말 미천한지는 곧 알게 되겠지."

화수는 자연스럽게 에스코트해 보고자 했다.

그가 열심이자 세라가 부드럽게 얼렀다.

"너무 억지로 짜내려 하지·마."

화수는 고개를 끄덕였다.

그녀의 말대로 무언가 억지로 하려고 한 일면이 있다. 그보다는 조금 천천히, 편안하게 다가가도 되지 않을까 싶다.

"밥이나 먹자."

"뭐 먹을 건데?"

"돈가스."

그들은 10년 전 함께 밥을 먹은 추억의 장소로 향했다.

10년 전, 이곳의 돈가스는 이천 원이었다.

이천 원이었음에도 꽤나 큰 것으로 기억하는데, 지금은 가격이 올라 오천 원이었다.

하기야 요즘 세상에 돈가스가 오천 원밖에 하지 않는 것도 신기한 일이다. 물가가 꽤나 많이 올랐기 때문이다.

"뭐 먹을래?"

"장난해? 돈가스 집에 왔으니 돈가스를 먹어야지."

"함박스테이크도 있는데?"

"비싸."

"그건 그렇지."

화수는 자신도 모르게 너무나 간단하게 납득해 버렸다.

이어 그는 알바생에게 주문했다.

"돈가스 두 개."

"알겠습니다."

얼마 지나지 않아 돈가스가 나왔지만 뭔가 허전한 느낌이 들었다.

첫 데이트에 한껏 멋까지 내고 나와서 돈가스나 썰고 있으니 조금 처량한 기분도 들었다.

화수는 열심히 먹다가 고개를 들었다.

"와인이라도 한잔할래?"

"돈가스 값이 만 원인데 와인을 마시겠다고?"

"괜찮잖아?"

화수는 무려 10만 원짜리 와인을 시켰다.

세라는 그런 화수를 바라보며 혀를 내둘렀다.

"배보다 배꼽이 더 크다는 것이 바로 이럴 때 쓰는 말이라지?"

"맛있으면 된 것 아니겠어?"

촬촬촬촬촬!

화수는 세라의 잔에 와인을 채웠다.

핏빛의 와인에서는 꽤나 향기로운 냄새가 났다. 고가의 와인이니 그 값을 하는 것이다.

"마시자."

챙!

그들은 몇 번에 걸쳐 와인을 비웠다.

"맛있는데?"

"그렇지?"

어쩌다 보니 낮술로 변해 버렸다.

돈가스를 반도 먹기 전에 와인을 모두 비운 것이다. 급기야 그들은 한 병을 더 시켰다.

돈가스 집을 나오자 화수도 세라도 반쯤은 취해 있었다.

"정말 우리 대단한 것 같아."

"그렇지?"

"와인을 두 병이나 마시고 알딸딸한 상태로 돌아다니다니. 지금 우리 만난 지 한 시간도 되지 않은 것 알아?"

"그것이 바로 향취지."

"말이나 못하면."

화수는 그녀의 손을 잡아 이끌었다.

"어디로 가는데?"

"동물원."

"장난해? 동물원엘 가겠다고?"

"놀이기구 타러."

"가자."

그녀는 이내 간단하게 대답했다.

술도 한잔 걸쳤으니 이 상태로 롤러코스터를 타면 어떨까 하는 싶은 것이다.

화수와 세라는 지나가던 택시를 타고 동물원으로 향했다.

"으아아아아아악!"
"꺄아아아아악!!"
그들은 롤러코스터를 탔다.

엄청난 속도로 내려가는 롤러코스터는 화수와 세라의 혼을 빼놓기에 충분했다.

세상에 대낮부터 술을 마시고 롤러코스터를 타는 커플은 아마 없을 것이다. 이런 이상함 때문인지 그들은 꽤나 만족스러웠다.

"한 번 더?"
"콜!"
화수와 세라는 다시 롤러코스터를 탔다.

무려 세 번이나 탔을 때 화수는 속이 울렁거리는 것을 느꼈다.

"더 탔다가는 토할 것 같다."
"나도 그래."
"그럼 운전이라도 할까?"
"좋지."
그들은 범퍼카를 타러 이동했다.

쾅!

"이런 나쁜 자식이!?"

"하하하하! 쫓아와 보던지!"

세라는 화수를 맹추격했다.

얼굴은 벌겋게 달아올라 술김에 하는 운전. 그야말로 음주운전이다.

하지만 범퍼카를 타기 전에 술을 마셨다고 단속하는 경찰은 없을 것이다.

쾅!

화수는 다시 세라의 뒤꽁무니를 박아댔다.

"하하하하! 정말 못 타네!"

"이 자식! 죽었어!"

하지만 세라는 쫓아오지 못하였다. 화수의 운전 솜씨가 대단했기 때문이다.

"으으, 조금씩 술이 깨는 것 같아."

"그럼 안 되는데."

화수는 다시 알코올을 보충해야 할 필요성을 느꼈다.

지금까지 술김에 잘 놀았다. 이런 좋은 기분을 깨고 싶지 않았다.

그는 캔맥주를 사 들고 세라의 손을 잡았다.

"가자."

"어디로?"

"추소리라고, 좋은 곳 있어. 그곳의 전경이 아주 끝내주지."

"술을 또 마시게?"

"이렇게 된 김에 하루 종일 취해 있자. 이런 기분 느낀 적 없지?"

"알코올중독자의 기분을 알 것 같다."

그들은 맥주 한 캔씩을 들고 추소리로 향했다.

* * *

추소리의 화려한 전경이 눈앞에 펼쳐져 있다.

시원한 바람이 불어오고 있고 강을 따라서 숲이 우거져 있다.

바람결에 숲이 춤을 추는데, 그야말로 무협지의 한 장면을 보고 있는 것 같았다.

화수는 이곳을 알고 있지만 그녀는 처음 이곳에 오는 모양이다.

"와아!"

"어때? 죽이지?"

"도대체 이런 곳은 어떻게 발견했대?"

"우연히 친구들하고 술 마시러 왔는데 장관인 거야. 사람들에게 잘 알려지지 않은 장관이라고 할 수 있지."

"대단하다."

"동네 주민들이 이곳의 차량 출입을 통재했어. 그 때문에 나이 드신 어르신들은 잘 오지 않아. 사람들의 발길도 뜸해지게 되었고."

한때는 이곳이 유원지였는지 강가에 거대한 유람선이 뒤집혀 있었다.

한적하고 고즈넉한 곳.

화수는 근처의 가게로 향했다.

"어디 가는데?"

"정자 위에서 파전에 막걸리, 어때?"

"좋은 생각이야. 정말 너는 술에 관련된 것은 머리가 기가 막히게 돌아가는구나?"

"후후, 우리 집안 자체가 원래 그래. 술에 관한 것이라면 취권의 계승자라고 해도 믿을 정도지."

"하여간 그 입은 잘도 살아 있네."

화수는 가게에 도착했다.

작은 묵집이었는데 막걸리도 함께 판매하고 있었다.

"어서 와요."

"해물파전에 막걸리 한 되 포장해 주십시오."

"기다리라우."

나이가 지긋한 할머니는 가게를 부업으로 하고 있는 것 같았다.

얼마 지나지 않아 지글지글 하는 소리와 함께 파전 익는 냄새가 진동하기 시작했다. 곧 할머니가 포장을 해가지고 나왔다.

"만 오천 원이네."

"여기 있습니다."

화수와 세라는 정자로 향했다.

돗자리 하나를 펴고 강이 내려다보이는 정자에서 술을 한 사발 들이켰다.

"크으!"

"좋구나!"

"옳거니! 이것이 바로 왕후장상의 향취가 아닌가! 조선 선비들이 왜 그렇게 주도를 탐했는지 이제야 알 것 같구나!"

"시를 써라, 시를 써."

술이 술술 들어갔다.

자연에 취한 것인지 술에 취한 것인지 알지 못할 정도가 되었을 때, 그들은 만취가 되었다.

알딸딸하니 기분 좋은 느낌이 전신을 타고 흐른다.

어느덧 술은 바닥을 보이고 있었다.

"갈 때가 된 것 같네."

화수는 그녀의 손을 잡았다.

"가자."

"또 어디를 가는데?"

"대미를 장식해야지. 번화가에서 한잔하도록 하자."

"또?"

"괜찮잖아?"

화수의 말에 그녀는 생각에 잠겼다. 하기야 지금까지 조금씩 오랫동안 술을 마신 것뿐이다.

딱히 폭음을 한 것은 아니기에 더 마셔도 크게 상관은 없을 것 같았다.

"에라, 모르겠다! 가자!"

화수는 그녀와 함께 번화가로 향했다.

충남대학교를 상권으로 가지고 있는 궁동.

이곳엔 연구원도 위치하고 있고 카이스트도 근처에 있어 꽤나 큰 상권을 가지고 있다.

그들은 궁동 한복판을 거닐었다.

"좋구나!"

"옛날 생각나네!"

여차하면 노래라도 부를 판국이다.

화수와 세라는 꽤나 좋은 기분으로 돌아다니고 있었다. 하지만 언제까지나 그렇게 좋은 기분으로 돌아다닐 수는 없었다.

술집에 앉아 있을 때 어떤 남자가 여자와 함께 맞은편에 앉았기 때문이다.

"이게 누구야?"

"……."

세라의 얼굴이 굳어진다.

"여긴 어쩐 일이야?"

"지나가는데 익숙한 얼굴이 있어서 말이야. 그새 남자 친구가 생겼나?"

"누구십니까?"

"반갑습니다. 저는 이런 사람입니다."

[회계사 김철민]

'회계사라…….'

한국에서 회계사라면 연봉이 꽤 되는 고소득 직종이다.

그러니 이렇게 한껏 거드름을 피우는 것이리라.

"그리고 세라의 전 남자 친구이기도 합니다."

"……!"

화수의 얼굴이 살짝 일그러졌다.

첫 데이트에서 여자의 전 남자 친구와 대면했으니 것이 썩 좋은 상황이라고 볼 수는 없었다.

"그러시군요. 그렇다면 원래대로 가던 길 가시지요. 왜 남 데이트하는데 방해하고 그러십니까?"

"무슨 섭섭한 말씀을. 이것도 인연인데 함께 한잔하는 것도 나쁘지 않지요. 안 그래?"

그는 여자 친구를 보고 물었다.

철이 없는 것인지 멍청한 것인지 김철민의 여자 친구는 고개를 끄덕였다.

"이것 보십시오. 인연을 그리 망쳐서야 되겠습니까?"

그 후로 놈의 자랑이 시작되었다.

"그래서 이번에 한 천만 원 정도 한 번에 벌어들였지요."

"아, 그러십니까?"

"그리고 보니 이름도 물어보지 않았군요."

"강화수입니다."

"강화수라……. 어디서 들어본 것도 같고. 직업은 뭡니까?"

그는 담배에 불을 붙였다.

치익!

그리고 연기를 화수에게 내뿜는다. 생각 같아서는 그대로 주먹을 날려 버리고 싶었지만 그리 했다가는 내일 신문에 나고 말 것이다.

화수는 그 나름대로 놈을 찍어 눌러야겠다고 생각했다.

"저는 이런 사람입니다."

화수는 명함을 내밀었다.

[주식회사 이수 대표이사 강화수]

"……!"

그는 금빛의 명함을 바라보며 경악을 금치 못하였다.

어디선가 보았다고 생각했는데 무려 주식회사 이수 대표인 것이다.

그때 어디선가 뉴스가 흘러나오고 있었다.

〈오늘 주식회사 이수의 강화수 대표이사는 본격적으로 생산 시설에 투자키로 하였습니다. 이에 주식의 동향이 크게…….〉

"허어."

뉴스에서는 화수의 얼굴이 나오고 있었다.

그는 믿을 수 없다는 듯이 화수를 바라보았다.

"우리 내기 한번 할까요?"

"어떤 내기 말입니까?"

"남자이니 힘 싸움이지요. 펀치 내기 어떻습니까?"

"후후."

그는 낮게 웃었다.

나름대로 주먹에는 자신이 있는 모양이다.

"그럼 무엇을 걸겠습니까?"

"만약 제가 이긴다면 세라에게 무릎을 꿇고 사죄하십시오."

"만약 당신이 지면?"

"마음대로 하십시오."

"만약 당신이 진다면 제 가랑이 사이를 기어가십시오."

놀람을 금치 못하는 세라.

뿐만 아니라 김철민의 여자 친구도 꽤나 놀란 것 같았다.

설마 그런 내기를 할 것이라고는 상상도 하지 못하였기 때문이다.

화수가 입을 다물고 있자 김철민이 의기양양하게 말했다.

"무서우면 빠져도 됩니다."

"후회나 하지 마십시오."

어깨를 으쓱이는 김철민.

화수는 이를 으득 씹었다.

＊　　　＊　　　＊

펀치 기계로 가는 길이다.

김철민 커플이 앞서 가고 있고 화수 커플은 조금 뒤에 따라가고 있었다.

세라가 걱정스럽다는 듯 이야기한다.

"고등학교 때 복싱선수였어."

"그런데?"

"복싱선수에게 펀치면 고양이가 생선을 먹는 것보다 쉬운 일 아니겠어?"

"상한 생선을 먹고 체할 수도 있는 일이지."

"그런……."

일행은 곧 펀치 기계 앞에 도착했다.

주말이라 사람도 꽤 많았고 펀치 치는 것을 구경하는 사람들도 있었다.

김철민이 펀치 기계 앞에서 의기양양하게 말했다.

"하하하하! 여러분! 제가 이기면 저 사람이 제 가랑이를 기기로 했습니다!!"

웅성웅성!

"저런 나쁜!"

세라는 눈물까지 흘릴 기세이고, 사람들은 무슨 일인가 싶어 모여들고 있었다.

곧 근처로 많은 사람이 모여들었다.

"네가 지면 가랑이 사이로 기기로 한 것 맞지?"

화수는 고개를 끄덕였다.

"그렇게 말한 적이 있지."

"후회하지 말라고."

그가 동전을 넣었다.

삐익! 철컹!

바가 위로 올라왔다.

김철민은 자세를 잡으며 힘껏 때렸다.

쾅!

삐리리리리릭!

점수가 끝까지 올라간다.

얼마 지나지 않아 점수는 999를 가리켰다. 더 이상은 올라갈 수가 없다는 뜻이다.

"하하하하하!"

김철민은 통쾌한 듯이 웃었다.

세라는 걱정스러운 얼굴로 화수를 바라보았다. 만약 그가 지면 김철민의 가랑이 사이를 거어가야 한다.

하지만 화수는 걱정하지 말라는 듯 세라의 어깨를 두드렸다.

"너무 걱정하지 마."

"하지만 만약 지게 된다면……."

"그런 일 없을 테니까. 그전에 말이야, 만약 내가 이기게 되면 내 소원 하나 들어줄래?"

세라는 무의식중에 고개를 끄덕였다. 그렇게 될 일이 없다고 생각하기 때문이다. 지금 기계는 만점이고 그것을 뛰어 넘을 수는 없었다.

"약속했다?"

화수는 자세를 잡았다.

그는 보통 인간이 아니다.

초월자의 몸이고 기계 정도는 간단하게 만점으로 올릴 수 있었다.

하지만 지금은 그것이 중요한 것이 아니었다.

만점이 아닌 그 이상을 기록해야 했다.

팟! 콰아아아아아아앙!!

"……!!"

놀라는 사람들.

펀치 기계가 아예 박살이 나버렸다. 완전히 완파되어 취이이익 소리를 내었다. 동시에 연기가 피어오르며 쇠가 반 토막이 났다.

저 펀치에 맞게 된다면 죽지 않고 버틸 수 있는 사람은 없을 것이다.

"김철민 씨, 어떻습니까? 제가 졌습니까?"

"이런 말도 안 되는……."

김철민이 화수를 바라보며 중얼거렸다. 도저히 있을 수 없는 일이 발생했다고 생각하는 것이다. 하지만 이것은 엄연한 현실이었다.

그때 오락실 주인이 밖으로 나왔다.

"아니, 이럴 수가!"

"기계 값이 얼마지요?"

"아무리 못해도 한 30만 원은 주어야……."

화수는 지갑에서 수표 석 장을 꺼내 내밀었다.

"기계 값입니다."

주인은 순순히 물러났다.

화수가 기계 값을 지불했으니 주인으로서는 왈가왈부할 상황이 아닌 것이다.

"김철민 씨, 저는 당신이 남자라고 생각합니다."

"크으으윽!"

김철민은 고개를 떨어뜨렸다.

구경꾼이 수십이다. 만약 여기서 도망치게 된다면 그는 천하의 웃음거리가 될 것이다. 김철민은 결국 무릎을 꿇었다.

"세라야, 미안하다."

숙연해지는 사람들.

이내 사람들이 하나둘 자리를 떴다.

화수는 세라의 손을 잡았다.

"우리도 가자."

그들 역시 집으로 향했다.

"……."

세라의 집으로 향하는 길.

집 앞까지 오는 동안 화수와 세라는 아무런 말도 하지 않았다. 그저 여기까지 걸었을 뿐이다.

"화수야."

"응?"

"고마워."

"뭐가?"

"그냥 모든 것이."

"고마워할 것 없어. 내가 소중하게 생각하는 사람이 모욕을 당하는 꼴은 절대 볼 수 없어. 그것은 당연한 일이야."

"화수야……."

세라는 화수에게 다가와 입을 맞추었다.

짧은 입맞춤이었지만 화수에게는 강렬하게 각인되었다.

"이, 이건……?"

"작은 선물이야."

"선물이라……."

"오늘 정말 고마웠어."

세라는 집으로 뛰어들어 갔다.

아마 그녀로서도 부끄러웠을 것이다. 여자가 먼저 키스를 한다는 것이 아직까지 한국 사회에서는 어색한 일임에 틀림 없었다.

*　　*　　*

집으로 돌아가는 길.

화수는 오늘 있던 일을 생각했다.

그야말로 하루 종일 술을 마시며 돌아다녔지만 그래도 나쁘지 않다고 생각했다. 회사 일로 바쁜 그들이 언제 이렇게 술을 마셔보겠는가.

"후후후."

화수는 낮게 웃었다.

어쩌면 그녀를 만난 것은 우연이 아닐 수도 있었다.

지금까지 화수는 연인에 대하여 생각해 본 적이 없지만 세라라면 연인으로 발전하여도 상관없을 것 같았다.

이것이야말로 우연이 아니라 필연이라 생각되었다.

"필연이라면 인연으로 발전할 수 있을 테지."

화수는 그렇게 중얼거렸다.

7장

사업의 본격화

3년 전, 마정식 의원은 국회의원을 연임하는 내내 추진하던 물류철도에 대한 안건을 정식으로 발의했다.

철도의 민영화가 아닌 물류를 위한 철도가 동해안을 비롯해 전국으로 넓게 퍼져야 한다는 것이었다.

각 기업이 그에 합당한 세금과 증여세, 그리고 이용 요금을 부담하게 됨으로써 경제에 보탬이 될 것이라고 그는 주장했다.

하지만 이것은 철도청을 비롯한 여당의 몇몇 의원이 반대함으로써 흐지부지되고 말았다.

여당 내부에서 발의된 안건이 여당 내부에서 흐지부지되는 바람에 마정식 의원의 물류철도는 그 힘을 잃고 말았다.

그들이 물류철도를 반대한 것은 이 사업을 추진함으로써 4대강사업처럼 엄청난 자금이 들어갈 수 있다는 점 때문이었다.

폐노선을 이용해 물류철도를 재건한다고 해도 그에 들어가는 인력과 자금은 상상을 초월할 것이다.

그 때문에 마정식 의원의 주장은 단박에 폐기처분되고 말았다.

하지만 이제 그는 새로운 대안을 들고 국회의 문을 두드렸다.

마정식 의원은 국가가 관리하고 민간이 공동으로 운영하는 민간 물류철도에 대한 안건을 발의하기로 마음먹은 것이다.

그가 주장하는 민간 철도물류는 국가에서 운영을 포기한 노선에 한해 운영되는 것을 원칙으로 하며, 폐노선을 제외한 선로에는 운행을 금지한다는 것이다.

그렇기 때문에 이것이 철도의 민영화로 가는 길의 지름길이 되지는 않을 것이다.

마정식은 국가의 폐노선 사업을 새롭게 전환시키는 이 법안을 내어놓았고, 찬반 여론에 휩싸이게 되었다.

국민들은 그가 내어놓은 법안에 찬성하지만 그에 따른 세금 부과가 걱정된다고 입을 모았다.

하지만 그는 이것을 단박에 타계할 수 있는 대안을 제시했다.

그는 국회에 민간 물류철도에 대한 법안을 통과시키기 전 공영방송에 나와 자신이 생각하고 있는 대안을 국민에게 자세히 설명하기로 했다.

공영방송 황금시간대에 방송되는 시사프로그램에 나온 그는 화수가 개발한 철로공사 시스템에 대해 설명했다.

"지금 보시는 이 기차가 바로 물류 시스템을 구축하게 될 신형 기차입니다. 이것은 민간 기업에서 개발한 것으로 기존의 기차와는 차별화된 엔진을 가지고 있습니다."

그는 화수가 만든 파워포인트로 설명을 계속 이어나갔다.

"지금 보시는 것이 기존의 디젤 엔진입니다. 열효율이 형편없이 낮아서 전기 동력기와 함께 섞어서 사용하지요. 때문에 힘은 좋은 반면 소음과 공해가 심합니다."

사회자가 객실용으로 사용하고 있는 엔진을 바라보며 말했다.

"그럼 의원님이 가지고 나오신 대안엔 이것을 해결할 수 있는 뭔가가 있다는 말이군요?"

"예, 그렇습니다. 디젤의 완전 연소와 열효율 99%의 꿈의 엔진이 개발된 것이지요."

"열효율이 99%라는 것은 선뜻 믿기지가 않는데요?"

"물론 그럴 겁니다. 지금까지 자동차 회사들이 개발한 열효율 극대화 차량의 경우에도 40%가 고작입니다. 앞으로 개발할 차세대 엔진들이 60%에 육박하는 것을 생각할 때 99%의 열효율은 그야말로 꿈의 경지라고 할 수 있습니다."

"도대체 이것이 어떻게 가능한 것인가요?"

그는 자신 있게 화수의 기차 엔진에 대해 설명했다.

"우선 우리는 이것이 어떻게 열 손실을 잡는지에 대해 알아야 합니다. 여기에는 특수한 기술이 들어가는데, 바로 배기의 순환 시스템입니다. 디젤 엔진은 경유를 실린더에 집어넣어 압축하고 폭발시키는 과정이 끝나고 나면 여기서 나온 가스와 찌꺼기가 밖으로 배출되도록 설계되어 있습니다. 하지만 이것을 계속해서 순환시켜 열효율을 극대화시키고 연료를 끝까지 불태우게 되는 겁니다."

"하지만 그렇게 되면 엔진이 부하를 버티지 못하거나 찌꺼기 때문에 잔고장이 심할 텐데요?"

"그래서 이 엔진에는 찌꺼기까지 연료로 사용할 수 있는 시스템이 장착됩니다. 연료를 열에너지로 바꾸는 과정에서 연소가 일어나는데 이것을 끝까지 다 태우는 겁니다. 배기가 순환되는 과정에서 생기는 찌꺼기는 특수한 필터에 의해 걸러지게 되는데, 이것은 영구적인 수명을 갖습니다. 한마디로 필터는 스스로 찌꺼기를 녹여 수증기로 만들어내는 것이지요."

"그럼 과열에 대한 것은 어떻게 잡습니까?"

"보조 동력기를 설치해 주 엔진이 과부하에 걸릴 위기가 찾아오면 곧바로 잔류 열을 아래로 내립니다. 그렇게 되면 보조 동력기는 스스로 열에너지를 회전에너지로 바꾸어 보조 동력을 만들어냅니다. 그 과정에서 다시 남는 열은 객실이나 화차로 넘기고 그래도 열이 남으면 밖으로 배출하게 됩니다. 이 과정에서 열손실 1%가 되는 것이지요."

프로그램 진행자는 상당히 흥미롭다는 눈빛으로 파워포인트를 바라보았다.

"으음, 이렇게 엄청나게 진보된 기술이 있었다니, 왜 이런 것이 지금까지 세상에 나오지 못했을까요?"

"아직까지 제대로 개발을 한 사례가 없으니까요."

이윽고 마정식은 철도물류의 가장 큰 문제 해결에 대해 설명했다.

"그리고 또 한 가지 문제가 되는 것이 있지요. 바로 선로 건설에 대한 것입니다."

"그렇지요. 안 그래도 제가 그 질문을 드리려고 했습니다. 도대체 어떻게 선로 비용을 해결한다는 겁니까?"

"100미터당 이백만 원도 안 되는 돈으로 선로를 건설할 수 있는 기술이 있습니다."

"그렇게 싼 가격에 어떻게 선로를 건설한다는 겁니까?"

그는 화수가 만든 선로 개척 시스템을 보여주었다.

"지금 보시는 것이 새롭게 만든 레일입니다. 이 레일이 기존의 레일에 덧대집니다. 한마디로 구 선로를 재활용하는 것이지요."

"아하, 그래서 폐노선만 한정적으로 이용한다고 하신 거군요."

"그렇습니다. 정확하게 말자하면 이 기차는 폐노선에 최적화되어 있기 때문에 최신식 선로에는 사용하지 못합니다. 의도한 바는 아닙니다만, 지금 국가에서 운영하는 선로는 아예 이용할 수가 없지요."

"으음, 폐노선 전용 기차……. 하지만 이것이 도입된다고 해도 물류 시스템에 들어가는 시간이 줄어들 것 같지는 않은데요. 워낙 후미진 곳에만 설치된 것이 바로 이 폐노선 아니겠습니까?"

마정식은 고개를 가로저었다.

"그렇지가 않습니다. 이 노선은 동해안을 시작으로 강원도, 충청도, 전라도, 경상도를 아우르게 됩니다. 다만 그 노선을 여러 군데로 나누어 세분화해야 한다는 단점이 있지요. 하지만 선로를 놓는 비용이 말도 안 되게 저렴하기 때문에 아무리 넓은 선로를 확보한다고 해도 전혀 무리가 없습니다. 또한 이미 선로를 놓은 곳은 국유지로 지정된 곳이기 때문에 보상 문제도 걸림돌이 되지 않습니다."

지금까지 그가 한 말만 나열해 보면 상당히 매력적이고 합리적인 기획안이 아닐 수 없었다.

"저는 이번 프로젝트가 진행되고 난 후 1년 후의 대한민국 물류는 훨씬 더 발전해 있을 것이라고 확신합니다. 유라시아의 교두보로 불리는 대한민국에서 이 정도 물류를 보유하지 않는다면 앞으로 러시아나 중국의 연계 물류에 뒤처져 도태되고 말 겁니다."

사회자는 마정식의 이번 출연이 상당히 뜻 깊다고 생각했다.

"정부에서 주관하고 민간 기업이 투자하며 그들의 세금과 자금으로 운영되는 물류철도라……. 앞으로 국내 물류가 발달하면서 해외 중개무역도 점점 발달하겠군요."

"그렇습니다. 서해안은 중국을 비롯한 동남아시아, 동해는 유라시아와 유럽, 아메리카 대륙으로 뻗어 나가는 교두보가 될 겁니다. 그런 의미에선 상당히 뜻 깊은 프로젝트이지요."

사회자는 마정식의 프로젝트 시연 설명에 깊은 감사를 전했다.

"말씀 감사합니다. 덕분에 의원님의 민간 철도물류에 대해 잘 알게 되었습니다."

"네, 감사합니다."

마정식의 모습이 점점 페이드아웃이 되며 방송은 종료되었다.

*　　　*　　　*

마정식이 TV에 나와 설명한 물류에 대한 파급효과는 생각보다 대단했다.

국민들은 국회에서 이런 법안을 통과시키지 않고 무엇을 하느냐고 입을 모았다.

생각해 보면 폐노선이 아닌 곳은 달리지 못하는 물류철도를 국민이 아닌 오로지 기업들이 세금과 투자금을 내어 만든다는 것은 꽤나 괜찮은 사업이었다.

또한 이것으로 지금까지 골칫거리로 전락해 버린 폐노선이 다시 부활할 테니 그 주변 마을은 적극 민간 물류철도에 대해 환영하는 눈치였다.

급기야 이 법안은 지자체와 개인, 법인 사업자들의 청원으로 인해 국회를 통과하기에 이르렀다.

입법을 심사하는 과정에서도 별다른 문제점이 발견되지

않았으며, 오히려 차기 열차의 엔진은 물류철도에 사용되는 이 엔진을 사용하는 것이 어떠냐에 대한 의견도 제기되었다.

정부의 사업기획안이 확정되면서 민간 물류 법안이 제정되었는데, 그것은 민간이 정부의 영역을 침범할 수 없다는 것이었다.

민간 물류철도에 들어가는 인력은 모두 정부에서 관리하되 그에 대한 세금은 일체 수익금에서 충당하기로 했다.

그리고 이것에 들어가는 자본 역시 모두 기업들이 충당하게 되며, 국민의 혈세는 한 푼도 들어가지 않기로 했다.

또한 철도를 사용하는 것에 대한 사용료는 물론이고 선로의 개조 비용 또한 기업들이 부담하기로 했다.

자신들의 사비를 털어서 만들면서도 세금을 무지막지하게 내야 하는 기업들의 입장에선 조금 억울할 수도 있겠지만 철도물류가 뚫리고 나서 그들이 가지고 가게 될 프리미엄을 생각하면 별것도 아니었다.

정부에서 예산을 편성하고 민간 철도를 운영할 팀을 꾸리는 데 걸리는 시간은 한 달. 화수는 그 안에 한 개의 노선을 완성시켜 시험 운행에 착수하자는 제안을 받았다.

물론 그에 대한 건설비용은 물류철도공사에서 지원하기로 했다.

9월 3일, 화수는 드디어 자신이 만든 물류철도의 첫 삽을

뜰 수 있게 되었다.

폐노선이 시작되는 곳은 경상남도 진해이다.

진해는 항만물류가 드나드는 항구도시의 역할을 하고 있지만 폐 노선이 꽤나 많이 자리 잡고 있었다.

덕분에 화수는 그것들을 복구시키고 새롭게 연결시켜 기찻길을 만들 수 있게 되었다.

그는 얼마 전에 개발해 완성시킨 설로 장비를 기동시켰다.

위이이이이잉!

화수는 이곳에 투입된 20명의 인부와 함께 서서히 설로를 완성해 나간다.

"열차 지나갑니다! 다들 집중해서 장비를 다뤄주세요!"

"네!"

20명의 인부는 각각 설로 장비에 딸린 설비들을 각각 하나씩 맡아 운용하고, 나머지 인부들은 선로에 쌓인 흙을 걷어내고 그것을 포클레인으로 퍼 담아 옮기는 역할을 하게 된다.

꽤나 시끄러운 진해의 공사장에 꽤 많은 취재진이 몰려들었다.

찰칵찰칵!

하지만 화수와 인부들은 기자들을 의식하지 않고 계속해서 작업을 이어나갔다.

땅을 골라내고 난 다음 그곳에 선로를 놓고 압착시켜 땅을 평평하게 다지는 작업이 이뤄졌다.

화수는 이 시점이 가장 중요하다고 몇 번이나 강조했다.

"선로가 비뚤어지면 작업을 다시 해야 합니다! 말뚝팀은 최대한 조심하시는 편이 좋습니다!"

"예!"

기자들은 일사불란하게 이어지는 작업 환경을 바라보며 연신 감탄사를 터뜨렸다.

"뭐 이렇게 작업이 쉬워? 정말 이래도 되는 건가?"

"그러게 말이야."

보통 선로 작업은 생각보다 훨씬 더 긴 기간을 필요로 한다.

사람의 목숨이 달린 일이기 때문이기도 하지만 철도 자체에 들어가는 인력이 생각보다 많기 때문이다.

하지만 분업화된 작업 현장은 작업 시간을 단축시키고 그곳에 들어가는 전문 인력을 대폭 감축시켰다.

그렇기 때문에 선로를 까는 데 걸리는 시간이 비약적으로 단축될 수 있었다.

또한 아직까지 그 원형을 어느 정도 간직하고 있는 폐선로이기 때문에 재생시키는 데 걸리는 자재와 시간이 대폭 줄어들었다.

여러모로 이번 프로젝트는 쿵짝이 잘 들어맞았다.

100미터 선로를 놓는 데 네 시간. 이 정도 작업 기간이라면 한 개 노선을 만드는 데 보름이 채 걸리지 않을 것이다.

＊　　　＊　　　＊

굳이 화수가 관리감독을 할 필요가 없어진 현장이기에 그는 장비를 추가적으로 마련하기로 했다.

만드는 비용이 1억 원도 채 들지 않기 때문에 가능한 한 많은 개수를 추가해 놓으면 좋을 것이다.

화수는 미국 마이트 사에서 택배로 받은 물건을 가지고 그의 제자 찬미가 상주하고 있는 연구소를 찾았다.

약 600평 규모의 부지에 세워진 두 사람만의 마도학 연구소는 겉면에 '마도고물상'이라는 간판이 붙어 있다.

실제적인 장비는 100평 남짓한 컨테이너에 보관되어 있고 나머지 공간은 기계를 융합시키고 실험하는 데 사용되고 있었다.

화수는 자신의 개인 작업장에 있던 설비를 모두 떼어내 이곳으로 가지고 왔다.

그리고 지금 자신이 추진하고 있는 사업에 대해 그녀에게 설명했다.

"알고 있겠지만 선로 장비는 마도학이 그렇게 많이 들어가는 장비는 아닙니다. 그렇지만 그것을 완성시키는 데 들어가는 마력은 생각보다 많습니다. 수급이 가능하겠어요?"

화수는 그녀에게 자신의 머릿속에 들어 있는 마도학의 지식을 책으로 만들어주었고, 그녀는 단 일주일 만에 그것을 모두 자신의 것으로 만들어 버렸다.

"가능합니다. 다만 기간이 오래 걸리는 것은 어쩔 수 없을 겁니다."

"그건 이미 감안하고 있는 내용입니다. 얼마나 걸리겠어요?"

"보름? 보름이면 충분히 만들 수 있습니다."

지금 그녀의 지식은 화수에 버금가지만 실질적인 능력은 화수에 한참 못 미치는 수준이다.

그녀에겐 가장 중요한 경험이라는 것이 다소 결여되어 있기 때문이다.

하지만 역시 혼자서 만드는 것보단 둘이서 만드는 편이 훨씬 더 나을 것이다.

"좋습니다. 함께 작업해서 이것을 현장에 최대한 빨리 보급하도록 합시다."

"예, 알겠습니다."

화수는 만능장비팔을 착용하는 그녀에게 물었다.

"그나저나 집에는 뭐라고 둘러댔습니까?"

"스승님을 따라서 개인적인 사업을 할 것이라고 했습니다."

"개인적인 사업이요?"

"이를테면 이런 초대형 장비들을 만들어내는 공장을 세운다거나 기차와 같이 가치 있는 물건을 재생시키는 일 말입니다."

"집안에서 별다른 제재를 가하지는 않았고요?"

"물론이죠. 이젠 발레를 할 나이는 한참 지났고, 10년 동안 허송세월하면서 배워놓은 기술이나 지식도 없는데 뭘 어쩌겠어요? 집안에선 제가 뭘 하던 상관하지 않는 것 같아요."

"으음, 다행이라고 해야 할까요?"

"너무 깊이 참견하는 것보다는 이렇게 거리감을 유지하는 편이 나아요."

"당신이 좋다면 어쩔 수 없지요."

그는 괜히 자신 때문에 가족들과 거리감이 생기는 것은 아닌가 하고 걱정했다.

화수의 마음을 아는지 찬미는 그를 안심시키듯 미소를 지었다.

"다시는 아버지 때문에 도태되는 일이 벌어져선 안 될 것 아닌가요? 그런 무시무시한 아버지에게서 독립하려면 이 방법밖엔 없어요."

그녀는 자신을 세상에서 가장 아끼던 아버지에게 배신당
하고 나서 엄청난 심적 충격을 받은 모양이었다.

제아무리 자신을 낳아주고 키워준 아버지라곤 해도 병신
병원에 가까운 수준의 요양 시설에 처박아놓고 가족들과 연
락을 끊도록 한 것은 너무나 가혹한 일이었던 모양이다.

"아무튼 사부님께서 만드실 장비는 제가 최선을 다해 만들
어보겠습니다."

"부탁 좀 할게요."

"별말씀을요."

앞으로 두 사람은 사제 관계라기보다는 마도학으로 사업
을 일구는 파트너가 될 것이다.

두 사람은 최대한 빠른 시일 내에 장비를 완성시키기 위해
곧바로 작업에 착수했다.

＊　　　＊　　　＊

물류회사로선 이제 걸음마 수준에 불과한 화수가 기차물
류를 완성할 기회를 얻게 된 것은 순전히 법 때문만은 아니
다.

베트남에서 건너온 마오와 그의 부하들이 뒤에서 공작을

해왔기 때문이다.

마정식이 방송에 출연할 수 있도록 공작한 것은 물론이고 산정그룹의 내부 사정을 훤히 꿰뚫어 본 것 역시 그런 맥락과 같은 것이다.

루이드는 이 세상 누구에게도 단점이라는 것이 작용할 것이라고 확신했고, 국내의 수많은 심부름센터를 이용해 그의 세세한 신상명세에 대한 파일을 손이 넣을 수 있었다.

이번에도 그는 크고 작은 택배회사들이 철도물류에 참여할 수 있도록 유도하고 있었다.

"고수익을 보장한다고 합니다. 생각 있으십니까?"

"으음, 그런 소리는 하도 많이 들어서 말입니다."

그는 대구에서 작은 택배회사를 경영하고 있는 사람들을 찾아 물류에 투자하면 얼마만큼의 인센티브가 발생하는지 설명했다.

"만약 부산에서 수하한 택배를 대구까지 가지고 온다고 칩시다. 얼마나 많은 돈이 깨질까요?"

택배 짐을 한 차를 가득 실어도 기름값과 톨게이트 비르 제외하면 남는 것이 그리 많지가 않았다.

때문에 요즘 택배회사는 배송비 절감을 위해 자신들이 할 수 있는 최선을 다하고 있었다.

그런 과정에서 기차물류에 물건을 선적해 움직인다면 엄

청난 이득이 생길 수도 있다는 얘기였다.

"기차에 짐을 한꺼번에 실어 부산에서 출발합니다. 그리고 중간 중간에 있는 지사에서 다시 물건을 선적합니다."

"중간 중간에서 짐을 실어요?"

"폐노선은 못 쓰는 구간들을 서로 짜깁기해서 만든 노선입니다. 때문에 상당히 많은 정류장이 있지요. 그때마다 각 회사들은 자신의 지사에서 추가로 물건을 싣습니다. 각 지역에 있는 물건만 잘 추슬러 놓는다면 기름 값을 비롯한 각종 교통비가 굳는 셈입니다."

보통 가장 비싼 가격을 요구하는 것은 비행기 물류고 그다음이 차량 물류다.

가까운 거리라면 모를까, 먼 거리를 이동하는 데 드는 비용은 차량이 가장 비싸다.

만약 이것을 기차에 싣고 대량으로 옮길 수 있다면 엄청난 시너지가 발생하게 될 것이다.

지금까지 각 지방에서 물류회사를 운영하며 살아온 그들로선 아주 매력적인 소리가 아닐 수 없었다.

"투자한 금액에 대한 지분은 어떻게 나눕니까?"

"수익금을 재분해서 나누게 됩니다. 그리고 고정 화물석을 지정해서 남들보다 유리한 물류 포지션을 선점하게 되는 겁니다."

"으음, 확실히 매력적이군요."

"또한 국가에서 이 사업을 관리하기 때문에 알거지가 될 걱정도 없습니다. 어떻습니까?"

"좋군요. 당장 계약하지요."

루이드가 교육시킨 철도물류 영업사원들은 이런 식으로 각지를 돌아다니면서 크고 작은 물류회사의 오너들을 설득시켜 사업에 참여하도록 유도했다.

투자금이 커지는 것은 물론이고 참여하는 회사가 많아지게 되면 프로젝트의 활성화도 그만큼 커지기 때문이다.

만약 이렇게 많은 회사가 프로젝트에 참여하지 않았다면 지금쯤 물류철도는 수장되어 사라졌을지도 모른다.

오늘도 대구에서 한 건 건진 그는 곧장 김천으로 향했다.

*　　　*　　　*

전국으로 퍼져 나간 영업사원들이 물류사업에 동참한다는 계약서를 보내왔고, 정부는 예정보다 조금 빠르게 사업을 본격화하기로 했다.

화수가 폐노선을 복구하는 동안 임시 정류장을 설치해서 짐을 환적하거나 추가 선적하는 작업을 시행해 보기로 한 것이다.

선로가 깔리고, 각 지역에 있는 폐간이역을 새로 부활시키고, 그곳에 물류창고를 설립해서 택배회사들이 효과적으로 짐을 실을 수 있도록 했다.

덕분에 시골의 간이역에는 때 아닌 공사현장이 생겨났다.

쿵쾅쿵쾅!

마을 주민을 모두 다 모아도 1,000명이 채 되지 않는 간이역에는 임시 편의점이 들어섰고, 그곳에서 일할 사람들은 현지에서 조달될 예정이다.

컨테이너박스로 차려진 임시 편의점에는 두 명의 노인이 상주하기로 했다.

70대 초반의 노인들은 조금은 한정적인 물건을 파는 편의점에 금방 적응해 나갔다.

철도물류에 차려질 편의점을 총괄하게 될 지사장은 노인들에게 편의점을 어떻게 운영하는지 설명했다.

"보이는 바코드에 찍고 계산만 하면 됩니다. 물건을 진열하는 작업과 바코드를 추가하는 작업은 물건을 조달하는 배달사원이 다 알아서 할 겁니다."

"그럼 우리는 진짜 계산만 하면 되는 것이요?"

"그렇지요. 대신 이곳에 들르는 택배기사들에게 친절하게 대해주셔야 해요. 국가에서 시행하는 사업이니까 사설 업체처럼 대하시면 안 된다는 얘기지요."

각 마을에 있는 노인들을 고용하게 된 것은 각 지자체에서 제안한 노인복지사업의 일환이었다.

몸이 불편하거나 생활이 어려운 노인들을 대상으로 간편한 일자리를 주고 생활에 필요한 임금을 지급하기로 한 것이다.

그들이 하는 일에 걸맞은 임금을 지급하게 되면 과잉복지로 인해 프로젝트가 흔들릴 일도 없을 테니 상부상조라는 것이 지자체의 설명이었다.

프로젝트 관리팀은 그들의 조건을 수락했고, 지자체는 적극적으로 간이역 건설에 동참하게 되었다.

덕분에 마을에서도 간이역 건설을 상당히 반기는 눈치였다.

한적한 편의점에 두 명의 노인이 상주하게 됨으로써 적적함도 덜게 될 테니 당사자들에게도 좋은 일이 될 것이다.

*　　　*　　　*

사업 진행 보름째.

화수는 석 대의 장비를 추가로 도입해 작업 속도를 높이기로 했다.

인력이 세 배로 더 들어가긴 하지만 정부에서 애초에 목표로 한 한 구간 완성은 훨씬 더 빠르게 끝날 예정이다.

진해를 출발해 부산, 울산, 포항을 잇는 기차 노선은 다소 굽은 길이 많고 대부분이 외지라는 것이 단점이다.

물류철도가 지나갈 곳이 한적하다는 것은 분명 좋은 일이지만, 그만큼 철도가 길어지는 셈이니 사업자 입장에선 그리 좋은 일이 아니었다.

하지만 작업 속도나 자금이 훨씬 효율적으로 들어간다면 그렇게 큰 문제가 될 것도 없었다.

아니, 오히려 작업 시간에 제한이 없으니 완성 기간이 훨씬 더 단축된다는 장점이 생겼다.

화수는 작업팀을 세 팀으로 나누어 3교대로 돌아가며 작업하는 것으로 했고, 야간팀은 주간보다 약 1.5배가량 많은 임금을 주고 일하는 것으로 협상을 채결했다.

그렇게 하루도 쉬지 않고 작업한 결과 보름 만에 한 구간이 완성되었다.

제1구간은 진해에서 포항을 잇는 구간으로, 총 여섯 개의 정류장과 열 개의 간이역으로 이뤄져 있다.

창원에서 김해, 울산, 부산 등을 거쳐 포항까지 이어지는 길은 총 195㎞였다.

만약 이것을 새로 건설했다면 선로를 다시 깔고 간이역을 만드는 등 엄청난 시간과 자금이 들어갔을 것이다.

하지만 화수는 구 선로를 재생해 사용했고, 나머지 간이역 또한 그대로 사용해 시간과 자금을 절약했다.

그리하여 9월 중순, 드디어 1구간이 개통되는 날이 밝았다.

지역민을 제외하면 그다지 큰 관심을 받지 못한 사업이긴 했지만 꽤나 많은 언론인이 몰렸다.

찰칵찰칵!

화수가 만든 기차가 첫선을 보이는 날로 오늘은 실제 수하물을 싣고 추가 선적과 환적까지 시행해 볼 예정이다.

디젤 기관차의 운전사론 철도청에서 무려 20년 동안이나 근속한 기장이 배속되었다.

화수를 비롯한 물류업계 종사자들은 제2호에 달려 있는 객실로 이동해 짐을 풀었다.

지금부터 이곳은 한 달을 기준으로 상주 인원의 개인 짐칸과 침대로 대여하게 될 것이다.

때문에 짐을 풀고 잠을 자보는 것은 필수다.

총 40명의 상주 인원은 기차가 출발하기 전 자신들이 선적한 짐이 제대로 있는지 확인하러 다니기 바빴다.

총 아홉 칸의 화차는 각자 배정받은 칸에 짐을 싣는 렉을 설치했다.

각자의 렉에는 비밀번호와 고유 식별 바코드가 달린 시건장치가 되어 있어 다른 사람이 건드릴 수 없게끔 되어 있었다.

덕분에 기차에 탑승한 모든 인원은 기차의 앞부분부터 꼬리 부분까지 모든 칸을 자유롭게 오가며 활동할 수 있었다.

기자들은 기차의 이곳저곳을 돌아다니며 촬영하기 바빴다.

"지금 보시는 이곳이 바로 물류회사의 상주 인원이 대기하는 장소입니다. 이곳에서 상주하는 인원은 각 지부에서 들어오는 물량을 체크하고 환적이나 방출할 물량을 다른 노선이나 자사의 배송 차에 나누어 싣게 됩니다."

이미 몇 번이고 방송된 내용이지만 실제로 촬영을 해보니 더욱 새롭게 느껴진다.

이윽고 차량에 출발을 알리는 방송이 울려 퍼진다.

―안내 말씀드리겠습니다. 이제 곧 열차가 출발합니다. 우리 열차는 진해를 출발해 포항까지 여행하게 됩니다. 각 회사에서 파견된 관리자들께선 출발 1분 전후와 도착 1분 전후엔 움직임을 삼가주시기 바랍니다. 차량 속도를 제어하는 시스템이 아직 초기 단계이기 때문에 앞뒤로 많이 울렁거릴 수도 있습니다. 그럼 우리 열차 출발합니다.

물류열차는 도착 시간이 상당히 유기적으로 바뀌도록 되어 있는데 한 구간에 최대 10분까지 연착할 수 있었다.

물류 선적 작업을 하다 보면 가끔 전산 오류 등의 문제로 출발이 지연될 수도 있기 때문이다.

위이이이잉!

이윽고 기차가 출발했고, 화수와 그의 연구진은 긴장된 표정으로 계기판을 바라보았다.

"괜찮습니까?"

기관사는 화수의 질문에 고개를 끄덕였다.

"아직까진 좋습니다. 출발도 순조롭고 최대 시속에 도달하는 시간도 안정적이군요."

현재 물류 기차의 최고 시속은 260㎞로 커브길이나 감속 구간을 제외하곤 하루 종일 지속해서 달릴 수 있었다.

기차는 최고 시속을 유지하며 10분째 달렸고, 아직까지 계기판은 별다른 이상을 보이지 않고 있었다.

"좋습니다. 성공입니다. 이대로라면 운행에 지장이 없겠어요."

화수와 연구진은 서로 악수를 나누며 함께 기쁨을 나눴다.

"성공입니다!"

"하하! 고생 많으셨습니다!"

"별말씀을요."

기차는 최고 시속으로 20분가량을 달리다 첫 번째 간이역에 도착했다.

─이번 정차 역은 김해입니다. 간이역에 환적이나 선적하

실 물건이 있으신 관계자께선 정차 1분 후에 정해진 렉에 위치하시기 바랍니다.

물류회사 관계자들은 각 역에 선적하고 하역할 물건을 체크해서 할당 시간을 배정 받게 된다.

부기관사는 이것들을 모두 종합해서 정차 시간을 배정하게 된다.

이번 정차 시간은 10분으로 당 역을 출발하면 약 20분간 정차 없이 달리게 될 것이다.

화수는 창밖으로 눈을 돌려 안정적으로 환적이 이뤄지는지 지켜보았다.

간이역은 수레나 대차 렉이 자유롭게 드나들 수 있는 도로가 설치되어 있었는데. 각 화차에서 짐을 내리거나 싣기 좋게끔 위치해 있었다.

─우리 열차, 정차합니다.

이윽고 짐칸에 대기하고 있던 관계자들이 일사불란하게 짐을 환적한다.

정차 시간을 길게 배정 받을수록 이용 요금이 할증되기 때문이다.

PDA를 들고 다니면서 짐을 내리고 받은 관계자는 자신의 차례가 끝나자마자 곧장 당사 짐칸에 있는 완료 버튼을 누른다.

—선적이 완료되었습니다. 렉에 안정적으로 짐을 싣고 출발 준비를 해주시기 바랍니다.

안정적으로 짐을 모두 선적시킨 관계자는 다시 자신의 자리로 돌아갔고, 기차는 출발할 준비를 했다.

화수는 자신이 머릿속으로 그린 그림이 그대로 그려지고 있음을 알 수 있었다.

'이거다! 내가 원한 풍경이 바로 이거야!'

이제 앞으로 20구간만 더 완성시키면 각종 물류가 활성화되어 본격적인 수익을 올릴 수 있게 될 것이다.

*   *   *

비록 하루 운행된 물류기차이지만 생각보다 반응이 좋았다.

자동차로 옮기면 적어도 5천 원에서 1만 원이 들던 물류비용이 무려 10분의 1로 줄어들었기 때문이다.

190㎞가 넘는 구간을 자동차로 이동하게 되면 생각보다 훨씬 더 많은 비용이 들었겠지만 기차로 옮기니 훨씬 더 효율적이라는 것이 관계자들의 말이다.

다만 아직까지 간이역이나 정차역의 편의시설이 제대로 갖춰지지 않아 조금 불편했다는 것이 총론이었다.

이것은 앞으로 서서히 개선될 테니 수익을 올리는 데 전혀 지장이 없을 것이다.

정부 관계자는 화수에게 기차를 추가로 선적할 수 있는지에 대해 물어왔다.

프로젝트를 총괄하게 된 철도청 이명진 부장은 작업장까지 찾아와 화수에게 상담을 요청했다.

화수는 지금까지 자신이 만들어낸 기차 가격을 아주 저렴하게 제시했다.

"지금 운행하고 있는 기차와 기관차 포함해 열한 개의 가격을 100억으로 정했습니다."

이명진 부장은 화들짝 놀라 되물었다.

"한 칸도 아니고 열한 칸의 가격을 100억에 내놓겠다고요?"

"어차피 저 역시 물류인으로서 어서 빨리 물류철도가 활성화되기를 바라고 있습니다. 그런 의미에서 원가에 가까운 가격으로 제공하는 것이지요."

"하지만 그랬다가 적자를 보기라도 한다면……."

"걱정하지 마십시오. 그럴 일이 없다고 확신하니 지금처럼 확답을 드릴 수 있는 겁니다."

사실 기차 가격을 제대로 환산한다면 100억으론 어림도 없다.

하지만 1억에 기차를 떼어 와서 만들어 파는 화수의 입장에서 본다면 엄청난 이득이 남는 장사다.

"앞으로 넉 대가량 더 확보한 후 시일을 지켜보고 추가로 주문하겠습니다. 그래도 되겠지요?"

"물론입니다."

화수와 이명진은 악수를 하고 헤어졌다.

8장

계속되는 도전

초대형 디젤 엔진의 완성은 자가용 자동차의 엔진 완성이 눈앞에 다가왔다는 것과 같은 이치였다.

자가용 엔진은 그 크기만 작을 뿐 적용되는 원리는 같기 때문이다.

화수는 자신이 그려놓은 설계도를 찬미에게 건넨다.

"이대로 엔진을 만들 겁니다. 문제점이 있다면 어떤 것이 있을까요?"

찬미는 화수가 건넨 엔진 룸의 설계도를 가만히 바라보다 이내 손가락으로 설계도면 전체를 뭉뚱그려 가리켰다.

"이렇게 설계하면 소음이 너무 크지 않을까요?"

화수는 기차에 들어가는 엔진과 똑같은 설계를 적용했고, 그녀는 그런 엔진의 단점이 무엇인지 정확하게 집어냈다.

"저도 그 점을 생각하지 않은 것은 아닙니다. 하지만 어떻게 엔진 소음을 잡을 수 있을까요?"

기차에 적용된 엔진을 그대로 적용하자니 소음이 문제가 되고 설계를 바꾸자니 연비가 문제였다.

"으음……."

함께 머리를 맞대고 고민하던 두 사람은 이내 결론을 도출해 낸다.

"보조동력기로 엔진의 회전력을 높이게 된다면 주동력기가 이렇게까지 커질 필요는 없겠지요."

화수가 만든 엔진은 소음을 최소화하는 구조지만 엔진의 크기 때문에 소음이 일어나는 것은 어쩔 수 없다.

그렇기 때문에 엔진의 크기를 조금 줄인다면 소리에 대한 문제는 충분히 잡을 수 있을 것이다.

"그래요. 그 방법이 좋겠군요."

출력을 높이기 위해 엔진 크기를 키우는 것보다 보조동력기를 온전히 엔진의 회전력에 보태게 된다면 크기는 훨씬 더 줄어들 것이다.

"좋습니다. 그럼 이 도안을 몇 번 더 다듬어서 엔진 룸의 내부를 완성하는 것으로 합시다."

화수와 찬미는 엔진 룸의 도면을 완성시키기 위해 다시 연구에 들어갔다.

*　　　*　　　*

기차를 납품하고 남은 현금은 고스란히 축적되어 다음 인수합병에 사용될 예정이다.

이 자금에는 화수와 손을 잡은 연구진의 돈도 모두 다 들어 있었는데, 그들이 자신의 지분을 다음 인수합병에 넣기로 한 것이다.

이종면은 자신이 꿈꿔오던 열효율 99%의 자동차를 만들어 낼 단꿈에 부풀어 있었다.

"이제 곧 우리가 계획한 프로젝트가 완성되겠군요!"

아직 엔진도 채 완성하지 못한 상태이지만 곧 잡다한 문제가 해결되면 핵심 기술이 모습을 드러낼 것이다.

이제부터 문제는 화수가 만든 자동차를 어디서 찍어내느냐이다.

현재 그는 계속해서 기차를 찍어내고 있지만 자동차를 만들어낼 만한 공장은 갖추고 있지 못했다.

그는 자동차를 재생시켜 파는 사람이지 자동차를 새로 만들어 파는 사람은 아니기 때문이다.

"적어도 한국에선 우리의 자동차를 찍어낼 업체가 없을 텐데, 기술을 완성해도 큰일입니다."

이종면은 얼마 전 중국 계열 회사로 흡수되었다가 다시 매물로 나온 청룡자동차를 떠올렸다.

"청룡자동차는 무리일까요?"

화수는 고개를 가로저었다.

"시가총액 5조 원 하는 회사를 우리가 무슨 수로 인수하겠습니까?"

"하긴……."

그러다 이종면이 불현듯 무언가 떠올랐다는 듯이 무릎을 쳤다.

"그렇다면 동남아 계열 자동차 회사는 어떨까요?"

"동남아요?"

"사장님의 인맥이라면 작은 공장을 갖춘 자동차 회사쯤은 알아볼 수 있지 않을까요?"

"동남아라……."

지금까지 화수가 쌓은 인맥 중 가장 큰 인맥은 역시 동남아시아의 사업가들이다.

그들은 보이지 않는 큰손으로 이곳저곳에 돈을 뿌리는 사람들로 어쩌면 자동차 회사 하나 정도는 알아봐 줄 수도 있을 것이다.

"듣자 하니 베트남 계열 자동차 회사가 얼마 전에 시장에 나왔다 모습을 감췄다고 하더군요. 그에 대해서 알아보는 것은 어떨까 싶습니다."

화수는 이종면의 제안에 깊은 고민에 빠져들었다.

"베트남이라……."

어쩌면 베트남에 공장을 차리는 것이 처음 자동차를 생산해 내는 화수의 입장에선 유리할 수도 있었다.

원자재와 인력의 가성비율이 좋은 동남아 시장이기 때문이기에 싼 가격에 자동차를 만들 수 있을 것이다.

하지만 문제는 베트남에서 자동차를 찍어내면 이미지에 큰 타격을 받을 수도 있다는 점이다.

아무리 자동차가 좋아도 베트남에서 만든 자동차는 세계시장에서 큰 힘을 낼 수 없는 것이 현실이기 때문이다.

"브랜드 이미지가 걸리는군요."

화수의 솔직한 고민을 들은 이종면은 고개를 가로저었다.

"어차피 자동차는 영업력으로 승부하는 것 아닙니까? 굳이 시장을 동남아시아로 잡을 필요는 없습니다. 애초에 동남아시아에서 생산만 하고 영업은 유럽에서 하는 등의 방법이 있습니다."

"으음……."

"만약 그것도 힘들다면 인도나 인도네시아로 판매한다는 방법도 있고요."

지금까지 맨땅에 헤딩하듯 사업을 펼쳐온 화수다.

그는 이내 결단을 내렸다.

"좋습니다. 사업장을 베트남으로 넓힙시다."

"결심하신 겁니까?"

"하지만 자동차를 판매하는 것은 동남아시아와 동북아시아 동시에 시작할 겁니다. 우리는 동북아시아 진출을 목표로 삼고 회사를 여는 겁니다."

모험의 시작.

화수는 굳은 다짐을 곱씹었다.

"알거지가 될 수도 있어요. 괜찮겠습니까?"

이종면은 흔쾌히 고개를 끄덕였다.

"물론이지요. 사장님께서 우리 대학에 객원연구원으로 왔을 때부터 전 사장님을 믿고 있었습니다."

현재 그들이 대학에서 진행하고 있는 연구는 정체기를 맞고 있다.

어차피 다른 곳으로 눈을 돌린다고 해도 크게 문제될 것은 없을 것이다.

이종면과 화수는 동남아시아로 진출하기로 했다.

화수가 동남아시아로 진출한다는 소식을 전하자 두 동생은 아주 신중하게 생각하고 결정한 것이냐고 몇 번이나 물었다.

하지만 그의 대답은 한결같았다.

"결정했다. 내가 결정하고 번복한 적이 있던가?"

두 사람은 고개를 가로저었다.

"형님이 하신다고 한 일은 하늘이 두 쪽 나도 결국엔 이뤄지고 말지요."

이들은 화수가 어떤 사람이며 한번 마음먹은 일은 죽는 한이 있어도 꼭 이루고 만다는 사실을 익히 알고 있었다.

그래서 그들은 화수가 하는 말을 절대로 허투루 들은 적이 없었다.

"너희가 내 사업을 좀 도와주어야겠다."

리처드와 루이드는 화수에게 꾸벅 고개를 숙였다.

"맡겨만 주십시오. 시키시기만 하면 무슨 일이든 하겠습니다."

"정말 무슨 일이든 할 준비가 되어 있나?"

"물론이지요!"

화수는 그들에게 노트북 두 대를 주며 말했다.

"너희는 지금부터 베트남이나 태국에 있는 자동차 회사 중 우리가 인수할 만한 가치가 있는 회사를 찾는 데 주력한다. 그리고 난 내가 동원할 수 있는 자금을 최대한 현금화시키는 데 주력할 테니."

"예, 형님."

리처드와 루이드는 암흑가에 몸을 담고 있었지만 국제 정세가 어떻게 돌아가는지, 또한 자신이 관심 있는 나라의 정세가 어떤지 아주 잘 파악하고 있었다.

그들은 매번 바뀌는 국제 정세 속에서 마약이나 총기류를 거래해야 했기 때문에 국제 정세가 어떤지에 대해 상당히 민감하게 반응하는 경향이 있었다.

또한 그 나라의 경제가 흔들릴 때마다 큰 거래를 성사시켜 조직을 살찌워야 했기 때문에 기업들의 암투에도 깊은 관심을 가지고 있었다.

루이드는 노트북을 받자마자 화수에게 인수합병에 대한 팁을 몇 가지 주었다.

"만약 형님께서 인수합병에 대해 알아보신다면 하이타 사와 jns를 추천하고 싶습니다."

"하이타와 jns?"

하이타는 베트남 주류업계를 틀어쥐고 있는 큰손으로, 그들의 입김이 닿지 않는 분야가 없을 정도로 엄청난 자금력을 가지고 있었다.

하지만 계열사들의 관리가 상당히 허술하기 때문에 인수 합병을 하는 족족 그룹에서 떨어져 나가는 이력을 가지고 있었다.

그리고 jns는 동남아시아 경제 위기 때부터 조금씩 휘청거리다 몇 차례 폭탄 돌리기에 이용되었다는 소문이 도는 회사이다.

루이드는 지금 자신이 알고 있는 그들의 정보에 대해 설명했다.

"형님께서 시키신 대로 회사에 대해서 자세히 알아봐야 하겠습니다만, 그들의 사정을 대충은 파악하고 있습니다."

"으음, 그렇군."

그는 화수에게 하이타 사의 내막에 대해 설명했다.

"하이타 사는 1990년대 네오자동차를 인수해서 한차례 큰 타격을 입었습니다. 하지만 워낙 당시의 베트남 자동차 산업이 붐을 이루던 시절이라 회사를 팔지 않고 꼭 쥐고 있었지요. 그러면서 네오자동차는 하이타 사에 완전히 흡수되었고, 지금의 하이타 자동차가 되었지요. 하지만 지금도 워낙 개떡같은 운영으로 거의 도산 직전에 이르렀다고 들었습니다. 아마 인수하신다면 충분히 인수하실 수 있을 겁니다."

"그럼 jns는 어떠하지?"

이번에는 리처드가 답했다.

"jns그룹은 전자기기를 만들어 파는 중견 기업이었습니다. 그러다 서포드 자동차라는 동남아 계열 기업을 인수했다가 역 인수합병을 당해 그 명맥을 잃어버렸습니다. 자신들이 감당할 수 없는 부채가 숨겨진 것도 모르고 기업을 인수했다 쫄딱 망해 버린 것이지요. 그때부터 그들의 수난이 시작되었습니다. 무려 다섯 차례나 되는 인수합병을 거치면서 결국 거덜난 것이지요. 아마도 지금은 공장을 제외하곤 남아 있는 것이 없을 겁니다."

자동차 공장은 생각보다 훨씬 더 복잡한 구조를 가지고 있다.

지금 화수가 자동차를 재생시켜 판다곤 하지만 그런 문제와는 차원이 다른 것이라고 할 수 있었다.

그것이라도 남아 있는 게 천만다행이라고 하겠지만, 자동차 회사가 돌아가는 것은 생산보다 영업에 더 큰 비중이 쏠릴 수밖에 없었다.

그들의 영업력이 공중에 붕 뜬 상태라면 차라리 인수하지 않는 편이 나을지도 몰랐다.

"우리가 지금은 기차를 재생해서 판매하는 경지에 이르렀습니다만, 그들의 공장을 인수한다고 해서 자동차를 만들 수 있으리란 보장은 없습니다."

"하긴 그렇긴 하겠군."

그들은 지금 당장 자신들이 인수할 수 있는 두 가지 회사를 나열한 후 차선책을 제시했다.

"형님이 지시하긴 이 시간부터 딱 일주일 안에 적합한 회사를 더 찾아보겠습니다. 하지만 그 안에 매물을 구하지 못한다면 지금 이 두 회사 중에 하나를 인수하는 것이 좋을 것 같습니다."

화수는 고개를 끄덕인다.

"그럼 그렇게 하자고."

"예, 알겠습니다."

두 사람은 역시 행동력 좋게 곧바로 움직이기 시작했다.

*   *   *

화수는 총 네 개의 물류기차를 수주했는데, 이것을 완성하는 데 필요한 인력은 모두 강철 인형으로 대처하기로 했다.

그가 잠시 바깥일로 바쁜 동안 찬미는 지금까지 화수가 만든 강철 인형들을 계량시켜 조금 더 인간에 가까운 형태로 발전시켰다.

예전엔 강철 인형들이 조금 어색한 사람의 걸음걸이였다면, 지금은 인간에 거의 흡사한 걸음걸이를 갖게 되었다.

또한 마나 신경 체계를 재구성하여 예전에 강철 인형들이 내던 근력의 다섯 배에 달하는 힘을 갖게 되었다.

한마디로 지금 강철 인형들은 300kg짜리 강판쯤은 거뜬히 들 정도로 발달했다고 할 수 있었다.

찬미는 녀석들에게 자신들이 위치해 작업할 곳을 지정해 주고 그에 따른 장비를 챙기도록 지시했다.

"움직여."

그러자 녀석들은 일사불란하게 흩어져 자신에게 필요한 장비를 챙겨서 가장 적절한 방법으로 작업을 이어나갔다.

화수는 그런 광경을 바라보며 감탄사를 연발한다.

"대단하군요. 나조차도 못하던 경지에 이르렀다니 역시 내 안목이 틀리지 않았습니다."

"스승님께서 도안을 만들고 시행착오를 겪으신 끝에 완성한 것을 제가 조금 계량한 것뿐이지요. 그렇게 칭찬하시면 민망합니다."

이윽고 그녀는 화수에게 자동차에 들어갈 몇 가지 신기술에 대해 설명했다.

"엔진 룸은 저번에 논의한 대로 완성해 나가는 상태이니 제가 몇 가지 옵션을 좀 만들어봤습니다."

"옵션이요?"

"연비 개선은 물론이고 자동차의 승차감을 생각하는 마도학 설비의 장착입니다."

그녀는 마도학에서 사용하는 '신기루' 기술을 마도학 자동차에 부착할 생각인 듯했다.

신기루 기술은 화수가 전생에 전쟁을 통해 고안해 낸 기술로 적에게 아군의 숫자가 많아 보이게 해서 사기를 떨어뜨리는 기술이다.

이것에는 마나코어가 만들어낸 신기루를 투영시킬 마법 조명 장비가 있어야 했다.

그녀는 자동차 앞 유리에 자동차 계기판과 좌우 차선 상황을 그대로 전달할 수 있는 기능을 탑재시켰다.

"180도의 화각을 가진 사이드 카메라가 영상을 촬영하면 신기루 장비에 그 이미지를 전달합니다. 그렇게 되면 마나코어는 그것을 형상화시켜 자동차 앞 유리에 투영시키는 겁니다. 자동차에 이런 시스템을 부착하게 된다면 자동차 사이드 미러가 필요 없으니 바람의 저항도 덜 받게 될 겁니다."

화수는 그녀가 만든 신기루 시스템을 바라보며 흡족한 듯 고개를 끄덕였다.

"좋군요. 이런 기술력이라면 세계무대에서도 충분히 그 가치를 발휘할 수 있겠어요."

"하지만 우리나라에선 써먹기 힘들 수도 있습니다. 사이드 미러가 없인 운행이 불가능하니까요."

"그렇게 된다면 사이드미러를 부착시켜 놓고 카메라를 덧붙이면 됩니다."

"오호라, 그런 방법이 있군요."

한국의 도로교통법에는 후사경을 부착하지 않으면 주행이 불가능하다고 나와 있다.

그렇기 때문에 일찍이 이런 비슷한 기술이 개발되었음에도 사장될 위기에 놓여 있었다.

하지만 후사경이 180도의 화각을 가지고 있는 것은 아니기 때문에 유리창 투영 기술이 도입된다면 충분히 경쟁력이 생기게 될 것이다.

이어 그녀는 마나코어가 탑재된 에어스프링을 화수에게 보여주었다.

"중형차 이상에 들어가는 에어스프링입니다. 높낮이 조절이 가능한 것은 물론이고 차체에 부담을 주지 않아 승차감 향상에 엄청난 기여를 하게 될 겁니다. 게다가 반영구적인 구조로 되어 있기 때문에 소모품 교환과 같은 소비가 줄어들게 되겠지요."

지금까지 그녀가 보여준 기술들은 고급차에나 들어가는 것들이고 일반적인 중형차에는 적용되지 않는 것들이었다.

"만약 우리가 이것들을 자동차 생산에 적용시킬 수 있다면 말도 안 되는 가격에 차를 생산해 낼 수 있을 겁니다."

브랜드 가치가 아닌 그저 자동차 옵션만 놓고 본다면 당연히 옵션이 좋은 차가 잘 팔려야 정상이다.

하지만 그것만으론 충분하지 않기 때문에 브랜드 가치가 낮은 차들은 동급 차에 비해 가격이 싸거나 옵션이 한없이 업그레이드되어 있었다.

지금 그녀가 지향하고 있는 자동차의 형태는 옵션이 풍부하면서도 생산가를 낮춰 저렴하게 판매하는 것이었다.

"아무리 가격을 낮춰도 품질이 낮지 않다는 것을 보여주면 우리 회사가 충분한 경쟁력을 갖게 될 겁니다."

그녀의 말은 상당히 일리가 있었다.

"품질 경영이라……."

"세계 시장에서 살아남을 수 있는 방법은 단 하나입니다. 품질 경영에 주력하는 것이지요."

만약 기존의 기술력으로 남을 이길 수 없다면 마도학을 도입하는 방법이 있을 것이다.

화수는 그녀가 제시한 기술들의 설계도를 챙겼다.

"전체적인 도면이 모두 다 완성되면 이 기술을 모두 적용시키기로 합시다."

"앞으로 더 좋은 기술을 개발하도록 노력하겠습니다."

이제 슬슬 그녀의 진짜 가치가 빛을 발하는 듯했다.

*　　*　　*

일주일 기한을 두고 동남아 계열 회사들에 대해 조사한 두 사람은 같은 결론을 도출해 냈다.

아직까지 영업력이 남아 있고 공장까지 갖추고 있는 하이타 자동차를 인수하는 것이 나을 것 같다는 결론이다.

화수는 그들이 만든 기획서를 바라보며 깊은 생각에 잠겼다.

"으음, 잠재적인 가치는 높지만 현재 그들이 발휘할 수 있는 영업력에는 한계가 있다는 소리군."

"하이타 자동차는 워낙 걸출한 지주회사를 두고 있기 때문에 어지간한 풍파에도 쓰러지지 않고 버틸 수 있었습니다. 스스로의 영업력으론 버틸 수 없지만 지주회사의 돈 때문에 망하지 않고 버티고 있었던 것이지요. 하지만 이렇게 무기력한 20년을 보내면서 하이타 자동차가 얻은 것이 있었습니다. 그것은 바로 생존력과 잠재력입니다."

무려 20년 동안이나 재계에서 살아남은 하이타 자동차는 엄청난 생존력과 그에 따른 잠재력을 갖추고 있었다.

"자신들이 살아남기 위해 무엇이 필요한지 정확하게 알고 있는 그들은 국제 정세에 아주 민감하고 신속하게 반응하도록 진화했습니다. 또한 20년이 넘도록 존재하면서 키워온 영업력이 생각보다 탄탄합니다. 때문에 제대로 된 신차 한 번만 만들어낸다면 충분히 폭발력을 낼 수 있을 것입니다."

화수는 하이타 자동차의 장점에 대해 듣다가 문득 의문점이 들었다.

"이렇게 끈질긴 생명력을 가진 회사가 과연 매물로 나올까?"

루이드는 현재 하이타 자동차의 상황에 대해 이렇게 설명했다.

"하지만 그런 끈질긴 생명력 때문에 지주회사의 이미지와 자금줄에 심각한 타격을 주고 있습니다. 워낙 사고를 많이 일으킨 하이타 자동차이기 때문에 안 그래도 이미지가 좋지 않았습니다. 회사는 괜찮은데 그것을 경영하는 사람들의 스캔들이 문제였지요. 그래서 아무리 노력해도 이미지 쇄신이 되지 않습니다."

"으음, 스캔들이라……."

"바람은 기본이고 사생아에 커밍아웃까지 아주 별의별 스캔들이 다 터져 나왔지요. 그 때문에 지금 이 회사의 이미지는 만신창이입니다. 순익도 제대로 못 내는 회사가 이렇게까지 더러운 일에 휘말리게 되니 당연히 주가가 떨어질 수밖에요."

화수는 조금 떨떠름한 표정이 되었다.

"이렇게 말도 안 되는 회사를 우리가 인수하자고?"

루이드는 고개를 끄덕였다.

"지주회사와 20년 동안이나 붙어 있는 덕에 버틸 수 있던 그들은 하이타라는 이름 자체에 먹칠을 했습니다. 만약 한국계 회사가 그들을 인수한다는 소문이 돌면 아무래도 주가가 오르겠지요."

"메이드 인 코리아가 그들을 살려낼 것이라는 거군."

"예, 그렇습니다. 다른 것은 몰라도 요즘 한국 차가 외국에서의 이미지가 꽤나 좋기 때문에 기대를 걸어볼 만합니다."

이번에 화수는 그들이 과연 이 뜨거운 감자를 버릴 것인가에 대해 물었다.

"하이타 그룹이 자동차 회사를 매각한다는 소문이 있긴 한 건가?"

이에 그는 고개를 끄덕였다.

"물론입니다. 광고 수익 등으로 자동차 회사를 유지하던 하이타는 최근 광고주들과 관련 회사들에게 소송까지 당한 상태입니다. 아마 자동차 회사를 포기하지 않고선 버틸 수 없을 겁니다."

자회사 때문에 모회사가 문을 닫게 된다면 이보다 더 한심한 일은 아마 없을지도 모른다.

"아무리 소문이 좋지 않아도 20년 동안 회사가 유지되어

왔으니 당연히 그만한 생산력도 갖추고 있습니다. 껍데기만 남은 기업을 인수하신다면 당연히 이 회사를 갖는 편이 나을 겁니다."

화수는 그의 말대로 하이타 인수에 대해 조금 더 긍정적으로 생각하기로 했다.

"그렇다면 과연 하이타가 언제 자동차 회사를 매각하게 될지 한번 알아봐 줘."

"예, 알겠습니다."

루이드는 자신의 지인이 일하고 있는 베트남 최대 증권회사로 향했다.

* * *

베트남 하노이에 위치한 30층 건물.

이곳의 가장 높은 곳에 최고의 증권회사로 불리는 카르나 증권이 위치하고 있다.

이곳에서 일하는 애널리스트들은 동남아 최고의 인텔리로 동남아는 물론이고 동북아의 증시까지 예상하고 적중시키곤 했다.

루이드는 카르나 증권의 핵심 인물로 손꼽히는 토니 잔을 찾아갔다.

토니는 루이드가 조직 생활을 하던 시절에 만난 지인으로 목숨을 두 번이나 구해주었다.

아직까지 그 빚을 청산한 적이 없으니 아마 그의 부탁이라면 두 팔을 걷어붙이고 나설 것이다.

토니는 루이드가 왔다는 소식에 1층 로비까지 달려나와 마중했다.

"자네 왔는가?!"

"잘 지냈어?"

"물론이지! 자네 덕분에 아주 잘 지내고 있다네!"

예전에 토니는 뜻하지 않게 청방에서 추진하고 있는 작전을 추격해서 목숨을 잃을 뻔한 적이 있었다.

초대형 마약 거래가 이뤄지는 날이면 어김없이 증권가나 재계에 커다란 사건을 일으키는 청방이기에 그때도 역시 마찬가지로 작전을 짜고 제대로 펼쳐나가고 있었다.

하지만 자칫 잘못해서 작전이 빗나갈 위기에 놓이고 말았다.

그때 루이드는 민간인인 토니가 이런 말도 안 되는 짓을 벌일 리가 없다며 목숨을 살려주었다.

덕분에 목숨을 건진 그는 루이드를 평생의 은인으로 생각하며 지내왔다.

"생명의 은인께서 나를 다 찾아오고, 내가 뭘 어떻게 해줘야 할지 모르겠군."

그는 고개를 가로저었다.

"그렇게까지 비행기를 태워줄 필요는 없잖아?"

"하지만 사실이 아닌가? 자네가 내 목숨을 두 번이나 구해준 것은 말이야."

조직의 작전을 망쳤다가 죽을 뻔한 토니는 증권가 찌라시 때문에 다시 한 번 목숨을 잃을 뻔했다.

청방은 베트남의 인기 엔터테인먼트 회사와 짜고 증권가에 찌라시를 돌린 적이 있었는데, 이것을 쓸모없는 짜리시라고 단정 짓고 증권가에서 수장시켜 버린 사람이 바로 토니였다.

그는 고객들을 위해 올바른 분석을 했을 뿐이지만, 또다시 목숨을 잃을 뻔한 것이다.

그때도 루이드가 토니를 살려주었고, 그는 루이드에게 평생 다 갚아도 못 갚을 빚을 지게 된 것이다.

때문에 그는 루이드가 100억을 달라고 말한다면 기꺼이 자신의 자산을 헐어서 건넬 것이다.

그만큼 토니는 루이드를 흠모하고 있었다.

"그나저나 정말 자네가 웬일인가? 나를 다 찾아오고 말이야."

"자네에게 부탁이 있어서 말이야."

"부탁?"

"애널리스트에게 이런 것을 부탁한다는 것이 참으로 힘든 일이라는 것을 잘 알고 있지만, 그래도 염치 불구하고 부탁하려고 찾아왔어."

루이드는 그에게 노란색 파일을 하나 건넸다.

"이 회사에 대한 정보와 도산 시기를 알려줄 수 있겠나?"

토니는 루이드가 건넨 파일을 받아보더니 이내 흔쾌히 고개를 끄덕였다.

"물론이지. 자네가 해달라는 일인데 당연히 알아봐 줘야지."

"그래주겠나?"

애널리스트가 개인적인 용무로 누군가에게 회사의 신상 정보를 흘리는 것은 엄연히 불법이다.

하지만 그는 루이드를 위해 한 번쯤은 위법을 저질러도 상관없다고 생각하고 있는 것이다.

"회사에 대한 정보는 지금 당장 줄 수 있지만 도산 시기를 알아보는 것은 이틀 정도 시간이 걸릴 것 같아. 그래도 괜찮겠어?"

"물론이지."

그는 루이드에게 못내 미안한 표정을 지었다.

"지금 당장 속 시원한 답을 못 내려줘서 미안하네. 다음번엔 꼭 제대로 된 답안을 가져다주겠네."

"고마우이."

"별말씀을."

토니는 루이드에게 함께 식사할 것을 권했다.

"여기까지 왔는데 식사라도 좀 하고 갈 수 있겠나?"

"식사, 좋지."

"그럼 오늘은 내가 대접할 테니 좋은 곳으로 가자고."

"그래주겠나?"

"오늘은 나만 믿으라고."

조직 생활을 하면서 가끔은 착한 행동을 한 적이 있는데, 루이드는 그때의 선택이 결코 그른 것이 아니었음을 깨달았다.

*   *   *

토니는 루이드에게 하이타 자동차가 언제쯤 도산할지에 대한 관련지표를 모아서 전달했다.

그리고 그에 대한 종합적인 의견도 함께 첨부했다.

루이드는 그것을 곧장 화수에게 전달해 상황을 파악할 수 있도록 했다.

"하이타 자동차가 도산하거나 M&A 시장에 나오게 되는 시기는 아마도 이번 달 중순이 될 것 같습니다."

화수는 자신의 책상에 놓인 달력을 바라보았다.

"이제 슬슬 중반으로 넘어갈 차비를 하고 있는데?"

"예, 그렇습니다. 이제 얼마 남지 않았지요."

아무리 돈이 많은 회사라곤 해도 이렇게까지 골치가 아픈 계열사를 끝까지 쥐고 있을 정도의 여력은 없을 것이다.

"한시라도 빨리 처분하고 싶은 모양입니다. 시가총액에 1/3을 깎아서 시장에 내어놓을 전망이라고 합니다."

"그래, 사업가는 자신에게 필요 없다면 당연히 수족을 잘라낼 정도로 냉철해야 하지."

20년 동안 눈엣가시 같은 하이타 자동차가 그룹 내부에서 살아남을 수 있는 것은 그에 대한 믿음 때문이었을 것이다.

하지만 그 믿음도 이제는 슬슬 바닥을 드러내는 모양이었다.

"명령만 내려주신다면 지금 당장에라도 인수합병을 위한 사전 작업에 들어가겠습니다."

하이타 자동차는 워낙 그 이름이 오래된 회사이기 때문에 잘못하면 우선 협상 대상자 지정에 허튼수작을 부릴 수도 있었다.

그렇기 때문에 그는 조금 앞서 행동할 것을 원하고 있는 것이다.

"할 수 있겠나?"

"물론입니다. 손쉽다고는 말할 수 없어도 충분히 해볼 만합니다."

"그럼 부탁 좀 하지."

"맡겨만 주십시오."

강한 자신감을 표한 루이드는 곧장 하노이로 향했다.

9장

누군가는 악역이
되어주어야 한다

폐노선을 이용한 물류철도가 벌써 네 번째 노선 개통까지 이어졌다.

경상남도 진해를 시작으로 동해안을 연결하는 네 번째 노선의 끝은 강원도 정선이었다.

동해 연안을 따라서 이어진 물류철도는 각 항구도시나 공장에서 만들어낸 물품을 선적하는 데 쓰이기도 했다.

원자재를 들여와 공급하게 되는 동해안의 수많은 항만에서 공장으로 보내는 물류가 계속해서 연계되는 것이다.

각 노선은 두 대의 기차를 상행과 하행으로 나누고 배차 시간을 조절해 다른 노선들과 연계되거나 환적이 가능하도록 했다.

정선을 마지막으로 하는 네 번째 노선은 주로 농수산물이나 원자재 수출입 상인들이 이용할 것으로 보였다.

화수는 이 현장에 자신이 만든 기차를 납품하고 그에 대한 대금과 물류철도의 지분을 함께 받게 되었다.

그는 지금까지 자신이 만들어놓은 기차에 대한 수익으로 총 3%의 인센티브를 받고 있었는데, 이게 앞으로 계속해서 쌓이면 엄청난 가치를 형성할 것으로 보였다.

덕분에 지금 마영통운의 시가총액은 하늘 높은 줄 모르고 치솟고 있는 중이다.

국내 물류는 물론이고 해외 배송까지 그 분야를 넓혀가던 중 물류철도에 대한 지분율이 높아짐에 따라 그 주가가 폭등한 것이다.

대전에 위치한 마영통운의 본사는 주식회사 이수의 이름을 따서 이수물산으로 재탄생하게 되었다.

그러면서 주식회사 이수는 각 계열사를 한 군데로 응집시켜 본사를 만들기로 했다.

그리하여 탄생한 이수의 본사는 대전 둔산동에 위치할 예정이다.

대전의 중심이자 행정도시와 가장 밀접한 연관이 있는 둔산동에는 정부청사가 위치해 있다.

화수의 주식회사 이수의 본사는 그런 둔산동의 한적한 공원 앞에 위치할 예정이다.

총 5층으로 이뤄진 이수의 본사는 화수가 지금까지 모은 자금력을 외국으로 돌리기 전에 마지막으로 투자하는 목돈이었다.

그 때문에 그가 이 건물에 갖는 애착은 조금 남다르다고 할 수 있었다.

"주차 시설 확충은 어떻게 되었지요?"

화수는 본사의 주차 시설을 두 배로 늘려 이곳을 찾는 사람들이 불편함을 느끼지 않도록 계획했다.

리모델링을 전담한 전희수는 자신이 맡은 일에 대한 보고서를 화수에게 건넸다.

"내일이면 주차장이 완성될 겁니다. 그럼 우리가 이곳으로 이사 오는 것도 가능해지겠지요."

"그렇군요."

전희수는 화수에게 보고하면서도 새삼 감회가 새롭다는 듯이 말했다.

"우리가 드디어 둔산동 5층 건물로 이사하는 날이 도래했군요."

"후후, 그러게 말입니다. 제가 자동차 엔진 때문에 경찰서에 끌려갔던 것이 엊그제 같은데 말입니다."

그녀는 화수가 힘들 때가 기쁠 때나 항상 곁에서 그를 보필해 온 일등공신이다.

이제 내일이면 건물을 옮기니 그에 맞춰서 선물을 하나 해주고 싶었다.

"원하는 것이 있다면 지금 말씀하십시오."

"원하는 것이라니요?"

"명품 백을 사달라고 하면 사줄 것이고 차를 사달라면 사줄 겁니다. 하지만 오늘이 지나면 이 기회는 더 이상 없는 일이 될 것입니다."

지금까지 그녀에게 선물이라는 것을 해본 적이 없는 그는 중년남자가 마치 반평생을 함께한 현모양처에게 말하듯 넌지시 운을 띄웠다.

하지만 그녀는 이런 이벤트에 전혀 적응하지 못한 모양이었다.

"전 명품 백 싫어합니다. 자동차라면 회사에도 많고요."

"뭐, 꼭 그런 것만 가지고 하는 얘기가 아니지 않습니까?"

"제가 지금 뭐가 더 필요하겠습니까? 번듯한 직장에 부장이라는 직함까지 달았는데."

화수는 고개를 가로저었다.

"거참, 재미라곤 요만큼도 찾아볼 수 없는 사람이군요."

"원래 사람을 재미로 뽑는 분은 아시지 않습니까?"

그는 깊은 한숨을 내쉬었다.

"애초에 당신에게 뭘 바란 내가 바보지요."

질렸다는 듯 고개를 좌우로 가로젓는 화수에게 그녀가 말했다.

"보너스나 넉넉히 주십시오. 그것 말곤 딱히 원하는 것은 없습니다."

아마도 그녀는 화수가 얼마나 클 수 있는지 궁금해서 회사에 들어왔다가 지금 그 궁금증을 충분히 풀어내고 있는 중일 것이다.

그러니 딱히 원하는 것이 있을 리가 없었다.

화수는 그런 그녀의 의도를 익히 잘 알고 있기에 더 이상 말꼬리를 잡지 않기로 했다.

"아무튼 내가 없는 동안 회사를 잘 부탁합니다. 철거와 중고차 판매도 잊지 않고 잘 운영하시고요."

"예, 알겠습니다."

이제 그녀를 부사장으로 올려도 이상할 것이 없지만 화수는 자신이 벌여놓은 사업을 수습한 후에 정식으로 직함을 달아주고 싶었다.

다음에 그녀를 본다면 꼭 부사장이라는 명패를 선물로 주고 싶다고 느끼는 화수다.

                    *   *   *

　하이타 자동차는 20년 동안 그 명맥을 유지해 오는 동안 총 50대의 신차를 출시했다.

　자동차 시장의 변화무쌍함을 생각하면 그렇게까지 많은 양의 신차를 개발한 것은 아니지만 출시하는 족족 프로젝트가 망한 것을 감안한다면 엄청난 손실이라고 할 수 있었다.

　그런 가운데 이제 20주년 특별 기획으로 초호화 세단을 만든다는 기획안이 기획실에서 내려왔다.

　하이타 자동차의 임직원들은 도대체 이 회사의 대표이사는 무슨 생각을 가지고 사는 것인지 도저히 이해를 할 수 없었다.

　이젠 회사가 제대로 돌아가는 것은 둘째 치고 월급이나 제대로 받을 수 있을까 싶다.

　그중에서도 가장 불안함을 느끼는 곳은 다름 아닌 연구소였다.

　지금까지 계속해서 신차를 찍어낸 곳이 바로 연구소이지만 50번 넘게 소장이 바뀐 곳이기도 하기 때문이다.

　신차가 망할 때마다 연구소장이 바뀌는 통에 그동안 회사에 남아 있는 연구원들은 자신이 연구소장에 올라갈까 매번

노심초사할 수밖에 없었다.

지금도 연구소장 자리가 공석으로 남아 있는 가운데 신차를 개발하라는 명령이 내려왔으니 가슴을 졸일 수밖에 없었던 것이다.

그중에서도 가장 가슴 졸이고 있는 사람은 바로 미국에서 유학 생활을 하다 10년 전에 고국으로 돌아온 마이클 장이었다.

마이클은 미국으로 두 살 때 조기유학을 떠나 30년 넘도록 현지에서 생활하다 하이타 그룹에 스카우트되어 고국으로 돌아왔다.

처음엔 고국에 있는 글로벌 기업이 자신을 스카우트한 것이 너무나 고마워 열과 성을 다했지만 이젠 그것도 한계에 달하고 있었다.

상부는 계속해서 그들에게 말도 안 되는 프로젝트만 가져다 맡겼고, 맡기는 족족 망조로 치달았다.

도대체 왜 이렇게 말도 안 되는 프로젝트를 고수하는 것인지 이해할 수 없었지만, 결국엔 꾸역꾸역 신차를 뽑아내는 연구소였다.

그런 연구소의 수석연구원이 되었을 땐 당장 이 회사를 나가고 싶었다.

간당간당 목숨이 붙어 있긴 하지만 다음 프로젝트의 책임을 누군가 지고 해고를 당해야 하기 때문이다.

만약 회사에서 잘린다면 차라리 자신이 스스로 사표를 내고 나가고 싶었다.

하이타 자동차 연구소에 위치한 흡연장.

마이클은 부하직원들과 함께 점심시간에 주어진 휴식을 즐기고 있었다.

하지만 그는 아까부터 소화가 잘 되지 않아 밥보다 담배를 더 많이 피우고 있었다.

"그나저나 팀장님께선 어쩐대요? 다음 진급 대상자에 가장 유력한 후보라고 하던데……."

부하직원의 한마디에 마이클은 한숨을 푹 내쉬었다.

"…빌어먹을. 이럴 줄 알았으면 미국에서 오지 않는 것이었는데 말이야."

하버드 공대를 다니고 있던 그는 꽤나 전도유망한 청년이었다.

미국 실리콘밸리에 있는 초대형 연구소에서 그를 점찍어두었다는 소문이 돌고 있을 때 그는 엄청난 고액 연봉에 흔들려 고국 행을 결정했다.

숲이 아닌 나무를 본 젊은 시절의 잘못된 선택이 지금의 상황을 만들어낸 것이다.

"내가 미친놈이지."

진급이 된다는 것은 곧 잘린다는 의미이니 앞으로 또 어디에 이력서를 넣어야 할지 참으로 난감하기 이를 데 없었다.

10년이나 넘게 지낸 회사에서 그를 다시 원할 리는 없고, 이렇게 소문 좋지 않은 회사에서 강산이 변하도록 근속했으니 이직도 여의치 않았다.

이제 자식들이 대학에 들어가는데 실직자가 된다니 눈앞이 캄캄할 뿐이다.

"일찌감치 이직에 신경을 써야 할까?"

한숨 섞인 그의 푸념에 부하직원들이 화들짝 놀란다.

"네?! 아직 안 됩니다! 저희는 어쩌라고요?"

"뭐, 뭐라고?"

"팀장님께서 나가시면 저희들 중 한 명은 또 총대를 메야 합니다. 한 번만 생각해 주세요."

그나마 이곳에서 받는 월급이 다른 회사에 비해 높으니 누구라도 떠나지 않으려 발버둥이다.

'이런 자식들을 부하라고……'

목구멍까지 차오른 말을 꾹꾹 눌러 참은 그는 이내 쓴웃음을 지었다.

"…생각을 좀 해볼게."

이내 담배를 한 대 더 피우려는데 그의 핸드폰이 울린다.

지이이잉!

"이 시간에 누구지?"

무심결에 핸드폰을 켠 그는 고개를 갸웃거렸다.

[구인 이메일을 보냈습니다. 확인하시고 연락 부탁드립니다.]

순간 그는 자신도 모르게 구인이라는 두 글자에 눈길이 갔다.

"무슨 일이십니까?"

그는 부하들의 질문에 이내 핸드폰을 접어버렸다.

"아무것도 아니야."

이윽고 그는 부하직원들을 뒤로한 채 자신의 PC로 향했다.

"나는 그럼 이만 가볼게."

"네, 알겠습니다."

자신의 살길을 위해서 다른 사람을 버리는 것은 그렇게 나쁜 짓이 아닐 것이다.

그는 그렇게 자신을 위로하며 사무실로 향했다.

*　　　*　　　*

마이클은 한국계 자동차 회사에서 보낸 이메일을 받곤 흥분한 기색이 역력했다.

[귀하의 능력을 높게 평가하는 바, 자사로 스카우트하고 싶

어 이메일을 보냅니다. 이미 서류전형은 합격이고 면접만 보시면 채용하는 것으로 하겠습니다. 부디 좋은 인연이 닿아 함께 일하는 동료가 되었으면 합니다.]

그는 자신의 주변을 스쳐 지나가는 동료들 몰래 첨부 파일을 다운로드했다.

띠링!

외부 이메일을 사용할 수 있는 시간은 점심시간이 유일하기 때문에 상당히 조심스럽고도 신속한 손놀림이었다.

그는 속으로 회심의 미소를 지었다.

'후후, 그래, 하버드 대학까지 나온 내가 이런 썩어빠진 회사에 계속 남아 있을 수는 없지!'

도대체 이직을 생각한 것이 몇 번째던가?

하루 종일 머리가 빠져라 연구에 몰두해도 돌아오는 것은 해고에 대한 불안감뿐이라 도저히 견딜 수가 없었다.

회사에 입사하는 동시에 아이가 생겨 지금까지 어쩔 수 없이 버텨온 것뿐이다.

만약 기회가 있었다면 진즉 회사를 그만두었을 것이다.

그는 상대방 회사에서 보낸 이력서 작성 양식을 더블 클릭했다.

그러자 이메일로 이력서를 보낼 때 사용될 양식과 전용 업로더가 모습을 드러냈다.

'이딴 말도 안 되는 회사, 더 이상 미련없이 버리고 떠나련다!'

마이클은 대부분의 직원들이 휴식을 취하고 있는 동안 컴퓨터로 문서 작업에 열중했다.

타다다다닥!

그런 그를 바라보며 부하직원들이 질렸다는 투로 말했다.

"이야, 하여간 팀장님이 일벌레라는 것은 알아주어야 한다니까."

"조금 쉬었다 하시죠. 저희도 쉴 시간은 있어야 할 것 아닙니까?"

부하들의 핀잔에 그는 가볍게 웃고 말았다.

"난 괜찮으니까 다들 쉬어. 난 오늘 일찍 퇴근할 일이 있어서 미리 일하는 것뿐이니까."

"뭐, 그렇다면 어쩔 수 없지요."

모두들 차가운 바람이나 더 쐬이러 나가는 동안 그는 신이 나서 이력서를 작성해 나간다.

*　　　*　　　*

신차 개발에 대한 소식이 들리면 주가는 당연히 뛰게 마련이건만, 하이타 자동차의 주가는 아예 요지부동이었다.

증권가 전문가들은 이 현상을 두고 지금까지 하이타 자동차가 쌓아온 악명 때문이라고 해석했다.

지금까지 총 50여 회의 신차 출시가 모두 줄줄이 좌절되었음에도 불구하고 20년 동안 살아남은 하이타 자동차의 악명이 그들의 자금줄을 갉아먹고 있었던 것이다.

해외 자본 비중이 다른 기업들에 비해 엄청나게 높은 하이타 자동차는 대부분의 부채를 모회사에 두고 있었다.

그 해외 자본은 알게 모르게 모회사에서 지급한 돈으로, 하이타 자동차의 시가총액은 순전히 모회사의 자본에 불과했던 것이다.

그러니 만약 그들에게 어떤 불의에 사고가 생긴다고 해도 모회사가 모든 책임을 지니 그들은 별다른 위기감을 느끼지 못한 것이다.

하지만 이젠 그 악명이 더 이상 수용할 수 없는 지경에 이르자 모회사가 자회사를 포기하는 지경에 이르게 된 것이다.

모회사가 자회사를 포기할 것이라는 소식이 도는데 그 어떤 투자자가 나서서 주식을 구매하겠는가?

베트남 증권가 소식통은 조만간 하이타 자동차의 신차 엘레네가 그 모습을 드러낼 것이라고 전하면서도 슬슬 M&A 설이 돌고 있다고 말했다.

하노이에 위치한 하이타 자동차 영업이사의 집무실.

영업이사 댄 추풍은 짙은 담배연기를 들이마셨다 내뿜기를 반복하고 있었다.

"빌어먹을, 도대체 이 회사를 어디까지 굴려야 정신을 차릴 것인지 모르겠군."

댄은 이 회사가 만들어지기 이전부터 그룹 영업실에서 일한 사람이다.

그는 한때 영업왕을 10년 동안 지속한 아주 성실한 샐러리맨으로 언젠가는 부사장 자리에 오를 인물로 지목되고 있었다.

하지만 기획실에선 그를 자동차 회사의 영업이사로 추천했고, 그때부터 그의 악몽은 본격적으로 시작되었다.

무려 50번이나 계속되는 무리한 신차 개발과 끼워 팔기 식 영업 때문에 회사는 그야말로 파탄 직전에 이르고 있었다.

그럼에도 불구하고 회장은 계속해서 회사를 포기할 생각을 하지 않았다.

도대체 왜 이런 상황이 벌어지는지 그의 상식으론 도저히 이해를 할 수가 없었다.

아무리 그가 영업을 효율적으로 짜고 그에 따라서 팀을 구성하고 움직여도 실적은 오를 생각을 하지 않았다.

사람들은 지금 이 정도 이득을 취할 수 있는 것도 순전히 그의 능력 때문이라고 입을 모았다.

하지만 겉으로 보기엔 회사가 이 모양 이 꼴이니 앞으로의 그의 행보가 걱정이었다.

이렇게 계속 참패를 해온 사람을 그 어떤 회사에서 써줄지 의문이었던 것이다.

"젠장, 애초에 다른 회사로 전향할 것을 그랬나?"

애사심이라는 것이 남아 있던 젊은 시절, 그는 회사를 위해서라면 뭐든지 하는 열혈청년이었다.

그 때문에 하루가 멀다 하고 야근에 특근, 휴가 반납까지 일에 미쳐 살았다는 표현이 적당할 정도로 열심히 살았다.

그런 회사를 위해 가망 없다고 판단된 자동차 회사 이사직을 맡았고, 이젠 벼랑 끝에 내몰리게 되었다.

"후우……!"

매캐한 담배연기를 길게 내뿜던 그는 이내 결심했다는 듯 자리에서 일어섰다.

"그래, 이대로 내가 미쳐 버리느니 차라리 회사를 나서는 편이 낫지."

그는 서랍 속 깊숙이 집어넣어 두었던 사표를 꺼내 들었다.

도대체 몇 번을 꺼냈다 집어넣기를 반복했는지 모를 사표가 이제 제자리를 찾아갈 차례였다.

"잘 있어라. 난 간다."

이윽고 사무실을 나서려는데 갑자기 정전이 됐다.

터엉!

"으음? 이게 무슨……?"

아무리 우기라곤 해도 이렇게 쉽게 정전이 될 리가 없다.

그는 사무실의 전자기기들을 만지작거려 보았다.

하지만 그 어떤 전자기기도 말을 듣지 않았다.

이내 방문을 열고 나선 그는 부하직원들에게 이 사태에 대해 물었다.

"무슨 일인가? 갑자기 왜 회사 내부에 불이 나가?"

"저도 잘 모르겠습니다. 지금 당장 알아볼까요?"

그는 고개를 가로저었다.

"아니야. 어차피 잘되었어. 이 회사의 비정상적인 업무가 잠시 마비되는 것도 나쁘지 않은 일이지."

부하직원들은 그의 말에 너무나 격하게 공감했다.

"하긴 이사님의 말씀이 맞습니다."

어두워진 사무실. 그는 자신의 부서에 모여 있는 직원들을 한군데로 집합시켰다.

"다들 이쪽으로 와보게!"

그를 중심으로 모여든 직원들에게 그는 영업이사로서 입을 열었다.

"내가 앞으로 얼마나 이 회사에 남아 있을지는 모르겠네만 한 가지만 당부하지. 너무 열심히 일하지는 마. 이 세상에서 가장 소중한 것은 자네 자신이니까."

이제 환갑을 향해 가는 나이가 되어서야 가장 소중한 것이 무엇인지 깨달은 그는 자신의 뒤를 따를 후배들에게 진심 어린 조언을 남겼다.

'그래, 이젠 미련 없이 이 회사를 나서자.'

이윽고 짐을 챙기려 들어가려는 찰나 불이 켜졌다.

팅!

"오오, 불이 들어왔다!"

직원들이 신기한 표정으로 회사의 천장을 바라보던 바로 그때였다.

쾅!

"이사님! 큰일 났습니다!"

"큰일?"

"회사의 메인 서버가 다운되고 그 안에 있던 모든 기록이 통째로 날아갔답니다!"

"뭐, 뭐라?!"

회사의 모든 기록을 백업해 놓은 메모리가 날아갔다는 것은 회사의 자산이 사라졌다는 뜻이다.

특히나 지금같이 풍전등화에 놓인 회사가 이런 말도 안 되는 일을 겪고 나면 다시는 일어설 수 없게 되어버린다.

"이게 도대체 무슨……."

"자네들은 빨리 개인 PC를 켜보게!"

"예, 이사님!"

재빨리 자신들의 개인 PC를 켜본 직원들이 화들짝 놀라며 댄을 바라보았다.

"어, 없습니다! 데이터가 하나도 남아 있지 않아요!"

"이런 빌어먹을!"

아무리 회사를 등지려고 하던 그이지만 이렇게 찜찜하게 회사를 그만두고 싶지는 않았다.

"지금 당장 보안실에 연락해서 어떻게 된 일인지 자세하게 상황 파악 해보도록."

"예, 이사님!"

일단 눈앞에 벌어진 급한 불을 끄려던 바로 그때, 다시 사건이 벌어진다.

따르르르르릉!

—화재경보가 발령되었습니다! 모든 인원은 신속히 건물을 빠져나가주시기 바랍니다!

순간, 모든 직원이 우르르 회사를 빠져나가기 시작했다.

"꺄아아아악!"

"사람 살려!"

해킹에 화재까지, 그는 드디어 이 회사의 명운이 다했다고 생각했다.

'그래, 내가 떠날 때가 되니 회사가 알아서 망하는구나.'

그는 쓸쓸한 미소를 지으며 회사를 나섰다.

＊　　　＊　　　＊

따르르르르릉!

하이타 자동차 건물 전체에 울려 퍼진 화재 대피 방송에 따라 사람들이 일제히 건물을 빠져나가고 있었다.

한데 이런 난리 와중에 오히려 건물 깊숙한 곳으로 침투하는 이들이 있었다.

검은색 마스크로 얼굴을 가린 그들은 아주 태연하게 회사의 모든 기록이 수기로 적힌 총무부를 찾았다.

모든 것이 전산화되어 보관되고 있는 회사이긴 하지만 수기로 작성된 장부 역시 보관되어 관리하고 있었다.

그렇기 때문에 만약 회사의 모든 기록을 지우려면 수기로 작성한 장부 역시 모조리 없애야 할 것이다.

"여기가 맞겠지?"

"예, 그렇습니다."

이윽고 한 청년이 마스크를 벗었는데, 상당히 이국적인 외모가 모습을 드러냈다.

다소 날카롭지만 목소리만큼은 따뜻한 남자, 바로 리처드였다.

리처드는 루이드가 스팸메일에 숨겨놓은 악성코드가 일으킨 정전을 통해 회사에 침투했고, 그 틈을 타 메인 서버를 통째로 날려 버렸다.

그리고 지금은 총무부에 있는 모든 문서를 소각할 작정이다.

지금 이 경보음은 그가 일부러 낸 것으로 회사에 남아 있는 사람이 없도록 하기 위해서였다.

그는 자신을 따라온 마오의 조직원들에게 종이로 된 모든 것을 태워 버릴 것을 명령했다.

"그 안에 무슨 내용이 적혀 있는지는 그다지 중요하지 않다. 그저 종이로 된 것은 모조리 태워 버려."

"예, 알겠습니다."

리처드 역시 종이로 만들어진 모든 것에 불을 붙였고, 총무부의 모든 문서는 그 흔적조차 남기지 않고 타들어갔다.

화르르르륵!

이제는 정말 회사 건물에 화재가 날 수도 있는 상황. 그는 천장에 매달린 스프링클러를 작동시킨다.

콰앙!

따르르르르릉!

마치 하늘에서 비가 내리듯 스프링클러가 작동되어 사무

실 하나를 완전히 태워 버릴 듯한 화재를 진압해 나갔다.

이윽고 그는 다시 검은색 마스크를 착용한 뒤 조용히 건물을 빠져나갔다.

*   *   *

반 토막이 나버린 하이타 자동차의 주식은 연이은 사고로 인해 하한가를 기록하고 있었고, 그나마 국내 투자자들마저 주식을 버리고 외국으로 도망가는 세례가 일어나고 있었다.

화수는 로이드가 가지고 온 차트를 바라보며 연신 고개를 가로저었다.

"항상 느끼는 것이지만 너의 한계는 도대체 어디인지 궁금하단 말이야."

그는 슬며시 미소를 지었다.

"과찬이십니다. 제가 한 일이 뭐가 있다고⋯⋯."

"아니야. 아무리 하이타 자동차가 부실한 기업이었다곤 해도 이렇게 하루아침에 주저앉을 줄은 꿈에도 몰랐어."

로이드는 애초에 하이타 자동차가 연이은 하락세를 기록할 것임을 예상했고, 그것에 타격을 주면 회사가 금방 망해 버릴 것이라는 사실을 알고 있었다.

"이렇게 회사가 완전히 주저앉았는데 인수할 가치가 남아 있을지 모르겠군."

화수의 질문에 그는 고개를 가로저었다.

"아닙니다. 부자는 망해도 3년은 간다는 속담이 있지 않습니까? 회사 역시 마찬가지입니다. 워낙 하이타 그룹에서 제 샷밥을 많이 먹여놓아서 하이타 자동차의 역량은 생각보다 뛰어난 편입니다. 괜찮은 물건을 만들어낸 적이 없어서 한 방이 크게 터지지 않았던 것이지요. 하지만 형님께서 이 회사에 괜찮은 물건 하나만 제대로 가져다주시기만 해도 일어나는 데는 그리 오랜 시간이 걸리지 않을 겁니다."

그는 로이드의 조언에 따라 이곳에 투자하기로 했다.

"그래, 어차피 너를 믿고 시작한 일이니 끝을 맺는 것도 너를 따르겠다."

"감사합니다."

화수는 하이타 자동차를 인수하기로 마음먹었다.

"그나저나 리처드는 어디에 있나?"

그는 살며시 미소를 지었다.

"아마도 지금쯤이면 우선 협상 대상자 선정에 만전을 기하고 있을 겁니다."

"그래?"

끝까지 이 둘의 콤비플레이가 제대로 파악되지 않는 화수다.

　　　　　*　　　　*　　　　*

　이번에 하이타 자동차를 인수하겠다고 나선 기업은 총 세
곳으로, 한 군데는 한국에서 건너온 주식회사 이수였다.

　그렇다면 나머지 두 개의 회사가 없어진다면 우선 협상 대
상자와 같은 거추장스러운 제도는 아예 필요가 없어질 것이
다.

　리처드는 그 거추장스러운 제도를 없애기 위한 작업에 착
수해 있었다.

　베트남 하노이의 한적한 도로. 검은색 세단을 향해 승합차
한 대가 전속력으로 질주해 왔다.

　부아아앙!

　그리곤 승합차가 세단의 조수석을 정통으로 들이받았다.

　끼이익, 빠악!

　잠시 후, 운전석과 뒷좌석에서 두 명의 사내가 기어 나왔
다.

　"쿨럭쿨럭!"

　사방이 모두 검은색 철판으로 되어 있는 승합차에서 내린
리처드는 뒷좌석에서 내린 사내에게 다가가 말했다.

　"네가 타영물산의 대표이사냐?"

"누, 누구요?!"

"그거야 알 것 없고, 용건만 간단히 말하지. 하이타 자동차는 다시 본사에서 흡수할 계획이니 건들지 않는 것이 좋겠다. 알겠나?"

"그, 그건……."

"알겠나?"

아무리 사업이 좋아도 목숨이 왔다 갔다 하는 판국에 억지로 인수합병을 진행할 사람은 아무도 없을 것이다.

"…그래요. 그렇게 하지요."

"만약 이를 어길 시엔……."

그는 타영물산의 대표이사에게 사진을 한 장 건넸다.

"딸이 참 예쁘더군."

"이, 이봐요! 내 딸은 아무런 죄가 없어요!"

"말만 바꾸지 않으면 절대로 해치지 않는다. 알아들었나?"

그는 재빨리 고개를 끄덕였다.

"아, 알겠습니다!"

이윽고 리처드는 다시 승합차에 올라탔다.

'나는 악역을 자처하며 살아왔다. 거리낄 것도 없지, 뭐.'

그는 부하들을 데리고 유유히 사고 현장을 빠져나갔다.

*　　　*　　　*

하이타 자동차의 인수합병이 진행되는 날, 화수는 자신이 보유한 현금을 모두 모아 베트남으로 향했다.

한국계 기업이 베트남으로 진출하는 것이 처음은 아니지만, 현지 언론들은 꽤나 굴지의 기업이던 하이타 자동차가 한국계 기업에 인수되는 것에 대해 상당한 우려를 표명하고 있었다.

그렇지만 그런 스포트라이트를 받으면서도 화수는 꿋꿋이 인수합병을 시도해 나간다.

찰칵찰칵!

여기저기서 플래시세례가 쏟아지고 있고, 화수는 그런 가운데 계약서에 서명할 만년필을 집어 들었다.

'드디어 인수합병이군.'

지금까지 그가 인수한 회사 중에서 단연 가장 큰 규모를 자랑하는 하이타 자동차의 인수가 실현되는 순간이었다.

『현대 마도학자』 5권에 계속…

외전

네크로맨서

타닥타닥!

모닥불이 타들어가고 있다.

제이나와 카미엘은 노숙을 하고 있는 중이다.

그들이 주로 노숙을 하며 돌아가고 있는 이유는 귀족파 무리가 그들을 추격해 오지 않을까 하는 우려 때문이었다.

실제로 몇 번이나 한스 공작이 보낸 어쌔신들이 돌아다니는 것을 보았다.

다행히 발각되지는 않았지만 만약 놈들에게 발각되었다면 멀쩡하게 돌아갈 수 없었을 것이다.

"이제 제도로 가는 배를 탈 수 있을 겁니다. 그때까지만 고생해 주십시오."

"고맙군, 제이나 자작."

"아닙니다. 저는 그저 폐하의 명령을 따를 뿐이지요."

제이나는 역시나 뛰어난 실력을 가지고 있는 여자였다. 아니, 여자라는 호칭이 가당키나 한지 의문이다.

뛰어난 능력으로 말미암아 제국 정보부의 일좌를 차지하고 있는 그녀의 실력은 이미 정평이 나 있었다.

"잘 때에는 모닥불을 끄는 것이 낫겠습니다."

"그러지."

겨울이라면 반드시 모닥불을 피워놓아야 한다. 그래야 체온을 유지할 수 있을 것이기 때문이다. 하지만 여름에는 이슬만 피하면 되었다.

그들은 나무 위에 집을 짓기로 하였다.

귀족파 무리가 이곳까지 쫓아올 것이라고는 생각할 수 없지만 그래도 조심해서 나쁠 것은 없었다.

제이나가 가장 싫어하는 것이 바로 '만약' 이라는 가능성이었다.

만에 하나라도 놈들이 어쌔신들을 파견하였다면 이전과 같이 카미엘이 암습을 당할 가능성이 높았다.

그럴 바에야 안전한 것이 나았다.

그들은 이곳에서 한참 떨어진 곳에 집을 짓기 시작하였다.

집이라고 하여도 그저 이슬을 피할 정도의 어설픈 집이다.

나무 위에 나무를 대고 대충 잎을 씌운다. 그것이 끝이었다.

이렇게 해두면 적의 눈을 피할 수도 있고 이슬을 피하는 데도 문제가 없었다.

"다 됐습니다."

카미엘과 제이나는 함께 나무 집으로 들어갔다.

오늘은 이곳에서 자고 내일 일찍 출발할 것이다. 유프란스 강을 타고 간다면 약 삼 일 정도면 제도에 당도할 수 있었다.

그리고 그때가 되면 자신을 해하려 하던 무리를 모두 쓸어버릴 것이다.

*　　　*　　　*

다음 날 아침이 되었다.

카미엘이 먼저 눈을 떴다.

제이나는 잠을 자고 있는 중이다. 지금은 너무 이르다. 불침번을 교대로 섰고, 첫 번째 불침번을 선 그녀이기에 꽤나 피곤할 것이다.

카미엘은 근처에 냇가가 있는지 찾아보았다. 냇가가 있어야 씻고 수통에 물을 채울 수 있었다.

다행히 강 주변이기에 지류가 흐르고 있었다.

"푸하!"

카미엘은 세수를 한 후 내친김에 목욕까지 하기로 했다.

그는 자유자재로 물속을 누비고 다녔다.

'연어 정도면 식사로 제격이겠군.'

도대체 제대로 된 식사를 한 적이 언제인지 알 수가 없을 지경이다. 그런 그들이니 연어 정도라면 훌륭한 식사가 될 것이다.

카미엘은 맨손으로 거대한 연어를 잡아 올렸다.

퍼득퍼득!

연어는 힘이 장사였지만 마도병기인 카미엘 앞에서는 무력하기만 한 먹잇감이었다.

카미엘은 강가로 연어를 던져 놓고는 한 마리 더 잡았다.

그것까지 마저 던진 후에 목욕을 마쳤다.

"개운하군."

추위와 더위를 느낄 수 없고 감각도 없는 그이지만 그래도 느낌이라는 것이 있었다.

지금까지 너무나 꾀죄죄한 몰골을 하고 있었으니 이렇게 씻고 난 후 개운함을 느끼는 것은 당연했다.

카미엘이 모닥불을 피우고 있을 때 제이나가 깨어났다.

"일찍 일어나셨군요."

"먹도록."

연어훈제다.

제이나도 대부분 육포로 연명해 왔기에 연어훈제가 얼마나 훌륭한 요리인지 잘 알고 있다.

게다가 연어에는 적절하게 간이 되어 있었다. 아무리 요리에 관심이 없는 카미엘이었지만 소금 정도는 가지고 다닌 것이다.

"맛있군."

"맛도 느낄 수 있습니까?"

"약간."

마도병기라고 하여도 아예 맛을 느낄 수 없는 것은 아니었다. 다만 일반인의 일 할도 되지 않을 정도로 약간 느낄 뿐이다.

식사를 마친 카미엘은 자리에서 일어났다.

이제 다시 길을 재촉해야 했다.

*　　　*　　　*

유프란스강 하구.

카미엘은 제이나와 함께 승선할 준비를 하고 있었다.

이곳에서 배를 타고 가면 삼 일 후엔 제도에 당도한다. 바닷길을 거쳐 가야 하지만 지금은 항해를 해도 큰 무리가 없는 여름이었다.

배 입구에서는 제국 병사들이 통행증을 확인하고 있었다.

"통행증을 제시하시오!"

카미엘과 제이나는 잡상인으로 변장한 채다. 당연히 통행증도 있었다.

"여기 있습니다."

"통과!"

그들은 무사히 통과됐다.

방까지 배정받은 카미엘과 제이나는 이제야 한시름 놓을 수 있었다.

이런 상선의 방은 꽤나 고가였지만 카미엘은 안락한 여행을 위하여 방을 배정 받았다.

돈이야 남다 못해 흘러넘쳤다.

"고생하셨습니다."

"뭘. 제이나가 고생했지."

별다른 문제가 없다면 3일 후에는 제도에 복귀할 수 있을 것이다.

그리고 그 빌어먹을 위선자들을 처리할 것이다.

출렁!

배가 출항한다.

이곳에는 제국의 병사들도 없고 어쌔신도 없는 것으로 파악되었다. 그러니 편안하게 3일을 보낸 후 제도로 들어가면 될 것이다.

*　　　　*　　　　*

쏴아아아아아아!!

항해 첫날에는 문제가 없었지만 다음 날 비가 내리기 시작하였다.

비가 내리고 파도가 높아지면서 배가 꽤나 출렁거렸다.

"운이 없군."

"그래도 이렇게 큰 배는 쉽게 뒤집히지 않습니다. 풍랑도 뚫는 것이 바로 이 상선입니다."

카미엘은 고개를 끄덕였다.

이 정도 비로는 끄떡도 하지 않는다. 여름에도 가끔 폭풍이 불었고 기상이 좋지 않으면 배가 뜨지 않았다. 갑자기 내린

비니 소나기일 가능성이 높았다.

잠은 오지 않았지만 카미엘은 그래도 잠을 청해보기로 했다.

꽈드드드드득!

"사령관님."

"으으음……."

카미엘이 잠에서 깨어났다.

제이나는 곤란한 표정을 짓고 있었다.

"무슨 일인가?"

"닻이 부러졌습니다."

"닻이 부러져?"

카미엘은 그제야 벌떡 일어났다.

항해 중에 닻이 부러졌다는 것은 심각한 문제였다. 특히나 지금과 같은 경우에는 더욱 그랬다.

배의 출렁거림은 더 심해지고 있었다. 이러다 뒤집히는 것은 아닌지 우려될 정도로 출렁거렸다.

쿠르르르르릉!

하늘을 보니 번개가 치고 있다.

그야말로 폭풍이다. 어쩌면 이것은 태풍일 수도 있다고 생각되었다.

카미엘은 배가 난파될 수도 있다고 생각했다.

그는 마도병기이고 인간을 초월한 존재지만 그렇다고 해서 풍랑까지 막을 수는 없었다. 어디까지나 인간은 대자연 앞에 나약한 존재였다.

"아무래도 대비를 해야겠습니다."

"방법이 있겠나?"

"조각배가 선체에 붙어 있습니다. 운이 좋다면 살아남겠지요."

과연 그것이 가능할까 싶다. 하지만 지금으로써는 다른 방법이 없었다.

카미엘과 제이나는 밖으로 나섰다.

닻까지 부러진 마당이니 당연히 갑판 위에는 아무도 없었다.

쿠구구구구궁!

카미엘은 성난 바다의 무서움을 몸으로 느낄 수 있었다.

거대한 파도가 다가오고 있고, 배는 간신히 그것을 넘었다.

그런데 거의 90도로 꺾여 떨어지는 바람에 그들은 중심을 잃고 쓰러졌다.

쿠구구구궁!

촤아아아악!

"제이나!"

"사령관님!"

카미엘은 제이나의 손을 잡았다.

끼기기기기긱!

다시 엄청난 파도가 밀려오고 있다.

주변은 온통 검었고 그 와중에 천둥번개가 치고 있다. 그때마다 집채만 한 파도가 일렁거렸는데, 가히 장관이었다.

카미엘은 절대 이곳에서 살아남을 수 없을 것이라 생각했다. 배가 이렇게 크니 곧 부러질 것이라 예상했다.

쿠구구구구구구!

배가 파도를 탔다. 하지만 이번에는 90도가 넘는 각도로 떨어진다. 이대로 처박히면 모두 죽을 것이다.

"잡아라!"

"예!"

카미엘은 조각배를 떼어냈다. 그리고 제이나와 함께 뛰어내렸다.

쿠르르르르르!

파도가 그들을 집어삼켰다.

카미엘은 제이나를 데리고 솟아올랐다.

"푸하!"

"끄으으윽!"

"제이나! 정신 차려야 한다!"

"하지만!"

"조각배를 잘 붙들어라!"

카미엘은 조각배를 붙들었다.

이제 그들의 운명은 이 작은 조각배에 달렸다.

우지끈!!

카미엘의 예상대로 배는 그대로 반 토막이 났다. 그리고 거대한 해일이 집어삼켰다.

그야말로 바다의 신이 노하여 배를 완전히 쓸어버리는 광경이 아닐 수 없었다.

그나마 그들은 조각배를 붙들어 오르락내리락하고 있었다.

최소한 그들은 저 부서진 배처럼 두 동강이 날 우려는 없을 것이다.

*   *   *

끼룩끼룩!

도대체 얼마나 시간이 흘렀을까.

카미엘은 갈매기 우는 소리에 잠에서 깨어났다.

"끄으으으윽."

머리가 깨질 것처럼 아파왔다.

제대로 풍랑을 만나 겨우 목숨만 부지했다.

마지막에 배가 완전히 뒤집혀 빠졌는데 그 이후로는 기억이 없다. 과연 제이나는 무사한 것일까.

카미엘은 간신히 자리에서 일어났다.

이곳은 바닷가였다. 그렇다고 육지인지 섬인지는 알 길이 없고 한 가지 확실한 것은 그를 제외한 사람은 전혀 보이지 않는다는 것이다.

"제이나는 죽은 것인가?"

카미엘은 제이나에 대하여 생각했다.

그래도 생각보다는 덤덤했다.

지금까지 수많은 전쟁을 치르오면서 친한 동료들을 밥 먹듯이 잃어보았기 때문이다.

하지만 카미엘의 생각은 기우였다.

"카미엘 님!!"

"제이나!"

그녀가 멀리서 카미엘을 부르고 있었다.

다행스런 일이다. 그녀는 죽지 않고 살아 있었다.

"살아 계셨군요."

"어떤 일이 있어도 나 하나는 살 수 있지. 그대는?"

"다친 곳은 없어요."

"다행스런 일이군."

그때 판단을 잘한 것은 천운이었다. 아마 카미엘의 판단이 아니었다면 그들 모두 바다 속에 수장되었을 것이다.

"이곳은 어디인가?"

"저도 잘 모르겠습니다."

낯선 곳이다.

타국일 수도 있고 이름 모를 섬일 가능성도 배제할 수 없었다.

그래도 그들은 단검 하나씩을 소지하고 있었으니 일방적으로 당하지는 않을 것이다.

카미엘과 제이나는 수풀을 헤쳤다.

스르륵, 스르르륵.

재수가 없으면 원시의 생태계일 수도 있었다. 그리 된다면 각종 동물을 해치워야 한다. 다행히도 얼마 떨어지지 않은 곳에 마을이 있었다.

"마을이에요!"

"그래도 조심해야 한다. 혹여 제국과 전쟁을 하고 있는 곳일 수도 있으니까."

그들은 풍랑을 탔다. 그러니 제국이 아닌 곳에 떨어질 가능성도 배제할 수 없었다.

조심한다고 하였지만 마을의 자경단에게 발각되고 말았다.

"누구냐?"

"제국인이오?"

"그렇다. 이곳은 이안 프로스트 마을이다."

"이안 프로스트……."

상당히 낙후된 곳이었다.

제국에는 워낙에 낙후되어 지배력이 미치지 못하는 곳이 꽤 있었다. 이안 프로스트 마을도 그중 하나였다.

카미엘이 이곳을 알고 있는 이유는 과거에 한 번 거쳐 간 곳이기 때문이다. 마을 이름이 꼭 사람 이름을 닮아 까먹지 않고 있었다.

"나는 제국군 총사령관인 카미엘이다. 과거에 한 번 이곳을 지난 적이 있지. 기억나는가?"

"카미엘 공작님?!"

마을 사람들은 카미엘을 기억하고 있었다.

그가 이안 프로스트를 지날 때에는 가뭄이 심하였고 먹을 것이 없어 다 굶어 죽을 판이었다.

하지만 지나가던 카미엘은 선정을 베풀어 군량미를 풀어 주었다.

"아이고, 카미엘 공작님이 맞으시군요. 대체 어떻게 된 일입니까?"

"풍랑을 만났다."

"그래도 다행이로군요. 이곳으로 떨어졌으니 말입니다."

"그러게 말이야."

그들은 마을 장로에게 안내되었다.

마을 장로는 카미엘과 제이나에게 융숭하게 대접하였다.

어디 어느 곳을 가도 은혜를 베풀던 자를 박대하는 인간은 없었다. 그것은 이안 프로스트 마을도 마찬가지였다.

그들은 한 며칠 굶은 사람처럼 게걸스럽게 음식을 먹어치웠다.

"천천히 드십시오."

고개를 끄덕이기는 하였지만 속도는 줄지 않았다.

거의 5인분을 먹어치우고서야 카미엘은 정신을 차렸다.

"후아! 정말 고맙군. 장로가 아니었으면 굶어 죽을 뻔했어."

"아닙니다. 사령관님이 베푸신 은혜가 있는데 어찌 그냥 지나친단 말입니까?"

"한데 안색이 어둡군."

"그것은……."

쾅!

"장로님! 또 쳐들어왔습니다!"

"무엇이 쳐들어왔다는 말인가?"

"몬스터입니다!"

카미엘과 제이나는 마을 입구로 나왔다.

입구에는 좀비와 스켈레톤이 인산인해를 이루고 있었다.

언데드 몬스터의 특징이라면 바로 전염이다. 그중에는 마을 사람들도 대거 포함되어 있었다.

"꾸에에에엑!"

"막아라! 더 이상 희생을 만들어서는 아니 된다!"

마을 청년들이 창검을 들고 막고 있었지만 역부족이다.

언데드의 숫자가 족히 수백이다.

그것을 보다 못한 카미엘이 검을 들었다.

"나를 중심으로 진을 짜도록 한다!"

퍽퍽!

푸하하하학!

카미엘은 닥치는 대로 적을 베어 넘기며 앞으로 나아갔다.

그는 마도병기다. 일반인과는 궤를 달리하는 검술을 보유하고 있다. 게다가 신체적인 능력도 뛰어났다.

느릿한 언데드 몬스터는 수적으로는 우세했지만 카미엘의 그림자도 잡지 못하였다.

얼마 지나지 않아 언데드 몬스터는 소탕되었다.

장로의 집.

카미엘은 오늘의 전투로 묻은 피를 닦고 있었다.

얼마 지나지 않아 장로가 시원한 차를 가지고 나왔다.

"드십시오."

"고맙군."

"아닙니다. 저희가 오히려 고맙지요. 사령관님이 아니었다면 저희는 모두 죽고 말았을 겁니다."

"도대체 저들은 어디에서 나온 자들인가?"

"저희는 이곳에 네크로맨서가 자리를 잡았다고 추정합니다."

"네크로맨서?!"

카미엘의 얼굴이 구겨졌다.

네크로맨서는 대륙법으로 금한 마법을 펼치는 사악한 자들이다.

살아 있는 인간을 잡아 실험하며 저주와 죽음을 근원으로 한 마법을 펼쳤다.

"네크로맨서라……."

그러면서도 이해는 되었다.

이곳은 제국의 지배력이 간접적으로 미치는 곳이다. 거의 미치지 않는다고 보아도 좋았기에 네크로맨서는 이 점을 노린 것 같았다.

"내가 간다."

"정말입니까?"

"못 보았다면 몰라도 보고서도 모르는 척할 수 없다."

카미엘은 놈들을 토벌해 버리기로 결심했다.

*　　　*　　　*

지금까지 이 마을은 고통 속에서 살아왔다고 한다. 네크로맨서가 둥지를 튼 이후로는 하루도 편하게 잠들 날이 없었다고.

카미엘은 이곳에서 아예 그 근본을 없애 버리기로 결심했다.

그렇다고 혼자 할 수는 없었다.

그는 마을 사람들을 모두 모았다.

"나는 제국군 총사령관 카미엘 공작이다. 내 얼굴을 아는 사람도 꽤 많을 것으로 생각한다."

웅성웅성!

"정말 카미엘 공작이잖아?"

"대체 카미엘 공작이 여기까지는 어쩐 일이래?"

카미엘은 손을 들어 사람들의 웅성거림을 멈추게 하였다.

"나는 이 모든 악의 근원인 네크로맨서를 직접 토벌하고자 한다. 그러나 혼자 힘으로는 할 수 없다. 그대들은 나와 함께 하겠나!?"

"……"

사람들은 네크로맨서에 대한 막연한 두려움이 있었다. 그 때문에 함부로 나설 수가 없었던 것이다.

카미엘은 조금 더 호소하기로 했다.

"이대로 영원히 네크로맨서의 지배를 받을 것인가, 아니면 악의 고리를 끊을 것인가?"

"제가 함께 가겠습니다!"

"저도 함께 가겠습니다!"

"가자! 가서 이 마을을 구하자!"

"와아아아아!"

카미엘을 필두로 하는 공격대 이십이 구성되었다.

프레이아 숲.

카미엘은 천천히 앞으로 전진하고 있었다.

네크로맨서를 처치하려면 당연히 낮이 좋았다.

밤에는 몬스터를 포함하여 언데드 몬스터도 함께 강해진 다. 그 특성을 카미엘은 잘 알고 있었다.

베어도 베어도 끝이 없는 수풀이다.

"전방에 몬스터가 있습니다!"

"좀비들입니다!"

카미엘은 전투를 준비하라 일렀다.

현 전투에서 가장 중요한 것은 바로 그를 중심으로 하는 것이다. 그래야만 마을 사람들이 적게 다칠 수 있었다.

곧 좀비들이 몰려왔다.

"방어진 형성!"

이미 이곳으로 오기 전에 카미엘은 마을 청년들에게 기본적인 군사교육을 시켜놓은 상태였다.

단순히 몇 번 진영을 짜본 것에 불과하지만 그것을 해본 것과 해보지 않은 것은 천지차이였다.

곧 좀비들이 밀어닥쳤다.

퍽퍽!

"꾸에에에엑!"

좀비들은 청년들을 물기 위하여 달려들었지만 완벽하게 치고 빠지는 구성이 짜여 있다.

주로 카미엘은 학살을, 청년들은 방어를 맡았다.

얼마 지나지 않아 백 마리가 넘는 좀비가 바닥을 뒹굴었다.

"와아! 이겼다!"

"아직 환호하기에는 이르다. 우리는 아직 목표에 도달하지 못하였다."

카미엘은 그렇게 사람들의 함성을 일축하였다.

"가자!"

"예!"

이번 전투를 승리함에 따라서 청년들은 자신감을 가졌다.

프레이아 숲 정상으로 들어서고 있었다.

산 정상으로 오를수록 음기가 더욱 치밀어 오르고 있었다.

이것은 암흑의 마나로 정의할 수 있었다.

제이나가 한마디로 현재의 기분을 표현했다.

"으스스하군요."

"귀신이 튀어나올 것 같은 분위기. 그것이 딱 맞는군."

얼마 지나지 않아 누군가의 목소리가 들리기 시작하였다.

[어리석은 인간들아!!]

"후후, 놈이로군."

[이곳이 바로 너희의 무덤이 될 것이노라!]

"헛소리하지 말고 모습을 드러내라!"

스스스슷!

놈은 직접 모습을 드러내는 것 대신에 스켈레톤을 소환하였다.

스켈레톤이 땅속을 뚫고 나왔다. 그 숫자가 무려 백여 마리에 달하였지만 카미엘은 당황하지 않았다.

"방어진 형성!"

척척!

청년들은 일사불란하게 움직였다.

그들의 마음속에는 카미엘의 명령대로 따르면 최소한 죽지는 않을 것이라는 믿음이 있었다.

"움직이지 마라!"

끼리리리릭!!

스켈레톤들이 카미엘을 덮쳤다.

퍽퍽!

끼에에에엑!!

소름 끼치는 음성이 주변으로 퍼져 나간다.

카미엘은 최대한 버티는 쪽으로 진영을 짰고, 주공격은 카미엘과 제이나가 맡았다.

그들은 특수한 능력을 겸비하고 있기에 뒤만 든든하게 받쳐준다면 능히 학살하는 게 가능했다.

퍽퍽퍽!

카미엘이 검을 휘두르고 지나간 자리로 스켈레톤 병사들의 머리가 족족 떨어져 내렸다. 그것은 제이나의 검도 마찬가지였다.

얼마 지나지 않아 스켈레톤의 반이 줄었다.

"이런 어리석은 놈들!!"

그제야 위험을 느꼈는지 네크로맨서가 모습을 드러냈다.

검은 로브를 입고 있는 네크로맨서는 이제 약 삼십 대 초반으로 접어들었을까 말까 한 외모였다.

즉 놈은 초보다.

"노옴! 감히 이곳을 실험실 삼아 악을 행하려느냐!"

"웃기는 소리! 이곳은 나의 영역이다! 공격!"

"방어진을 형성하라!"

"예!"

네크로맨서가 생각보다는 강하지 않다는 것을 마을 청년들은 알게 되었지만 경거망동하지 않았다.

퍽퍽퍽퍽!

카미엘은 빠르게 검을 휘둘렀다.

지금은 놈을 격멸하는 것이 목적이 아니다. 스켈레톤 병사를 치우는 것이 목적이었다.

스켈레톤 병사들만 죽이면 놈을 독 안에 든 쥐였다.

퍼억!

끼에에에엑!

얼마 지나지 않아 스켈레톤 병사들이 모두 죽었다.

이제 남은 것은 네크로맨서뿐이었다.

"으으으으!"

"순순히 자결하거라."

"살려주십시오!"

"웃기는 소리!"

카미엘은 이대로 놈을 죽일 수도 있었다.

하지만 그보다는 마을로 끌고 가는 것이 더 낫다고 생각하였다.

마을 사람들도 울분을 풀어야 했다.

"와아아아아!"

마을 사람들은 환호성을 질러댔다.

카미엘은 마을 청년을 한 명도 잃지 않고 개선하고 있었다.

그와 동시에 뒤에는 한 청년이 끌려 들어오고 있었는데, 사람들은 그가 누군지 물었다.

"사령관님! 그가 누군데 죄인 취급을 하는 것입니까!?"

"이자가 바로 네크로맨서다."

"……!"

마을 사람들은 믿을 수 없다는 듯이 그를 바라보더니 격노했다.

"이 쳐 죽일 놈!"

"죽일 놈!"

"내 아들을 살려내라!"

"내 딸을 살려내라, 이 놈!!"

그야말로 하늘이 노할 정도의 분노였다.

마을 사람들은 놈에게 돌을 던졌다.

퍽퍽퍽!

"크으으윽! 살려주십시오!"

"개똥도 아까울 놈아!!"

놈은 돌에 맞아 기절했다.

곧 카미엘은 마을 장로와 마주하였다.

"장로, 이제 마을에는 평화가 찾아올 것이오."

"감사합니다! 감사합니다, 사령관님!!"

"이자의 처분은 장로에게 맡기겠소."

"감사합니다!"

카미엘은 이제 한발 물러나기로 했다.

장로는 마을 사람들과 네크로맨서의 처결에 대하여 논의하고 있는 중이었다.

제이나는 그것을 좀처럼 이해할 수 없다는 얼굴이다.

"놈을 왜 넘긴 것입니까?"

"그래야 마음이 풀리기 때문이지."

"민심은 천심이라 생각하시는 겁니까?"

카미엘은 어깨를 으쓱였다.

그는 마도병기를 이끄는 사령관이다. 적들을 살육한 것을 생각해 본다면 다시없을 만행이라 할 수 있었다.

그런 그가 과연 민심은 천심이란 단어를 쓸 자격이 있을까.

"어쨌거나 지금은 마을 사람들의 마음이 풀리는 것이 중요하지."

"어떻게 결정 날까요?"

"사형이다. 하지만 어떻게 사형시키느냐가 관건이겠지."

얼마 지나지 않아 결정이 났다.

"화형이다!"

"와아아아아!"

마을 사람들은 환호하였다.

결국 놈은 화형에 처해지게 되었다.

마을 사람들에 의하여 높은 재단이 쌓였다. 그리고 놈이 그 위에 올려졌다.

"살려주십시오!"

"불을 붙여라!"

"와아아아아!"

화르르르륵!

"끄아아아악!!"

불이 붙었다.

아래에서부터 불이 치밀고 올라왔는데, 그야말로 엄청난 화마가 순식간에 네크로맨서를 집어삼켜 버렸다.

"속이 다 시원하네!"

"그러게 말입니다!"

이제 카미엘은 마을을 떠날 때가 되었다.

*　　　*　　　*

카미엘과 제이나는 거대한 가방을 선물로 받았다.

그 안에는 생활용품과 족히 10일은 버틸 수 있을 정도의 식량이 들어 있었다.

그들이 마을을 떠나려 하자 장로를 비롯하여 마을 사람들이 모두 나와 있다.

"정말 가시는 겁니까!?"

"갈 길을 가는 것뿐."

"감사했습니다!"

"아니다."

카미엘은 손사래를 쳤다.

"정말 감사합니다! 이 은혜는 잊지 않겠습니다!"

카미엘과 제이나는 길을 재촉했다.

"가지."

"예!"

아직도 갈 길이 멀었다.

외전 끝

HERO 2300

FUSION FANTASTIC STORY

영웅2300

말리브 장편 소설

「도시의 주인」 말리브 작가의
특급 영웅이 온다!
『**영웅2300**』

돈 없는 찌질한 인생 이오열,
잠재 능력 테스트에서 높은 레벨을 받았지만

"젠장, 망했어! 되는 일이 하나도 없어!"

하필이면 최악의 망캐 연금술사가 될 줄이야!

그러나 포기란 없다.

**최악에서 최고가 되기 위한
오열의 이야기가 시작된다!**

Book Publishing CHUNGEORAM

유행이 아닌 자유추구 -
WWW. chungeoram.com

김현우 퓨전 판타지 소설

레드 크로니클

Red Chronicle

『드림워커』, 『컴플리트 메이지』의 작가
김현우가 색다르게 선보이는 자신작!

『레드 크로니클』

백 년의 세월 검을 들고 검의 오의에
다가선 남자 티엘 로운.

모든 것을 베는 그가 마지막으로
검을 휘둘렀을 때
그를 찾아온 것은 갈라진 시공간,
그리고… 자신의 젊은 시절이었다!

"하암, 귀찮군."

검의 오의를 안 남자가 대륙을 바꾼다!
티엘 로운의 대륙 질풍기!

『월풍』, 『신궁전설』의 작가 전혁이 전하는
유쾌, 상쾌, 통쾌 스토리, 『왕후장상』!

문서 위조계의 기린아 기무결.
사기 쳐서 잘 먹고 잘살던 그에게 날벼락이 떨어졌다.
바로 녹슨 칼에서 나온 오천만 냥짜리 보물지도!

기무결에게 내려진 숙제,
오천만 냥을 찾아라!

그러나 꼬인 행보 끝 도착한 곳은 동창의 감옥이었으니……

"으아악! 이게 뭐야!! 무림맹이 왜 여기 있는 거야!"

천하제일거부를 향한 기무결의
끝없는 도전이 시작된다!

Book Publishing CHUNGEORAM

유행이 아닌 자유추구 -
WWW.chungeoram.com

용마검전

FANTASY FRONTIER SPIRIT

김재한 판타지 장편 소설

「폭염의 용제」, 「성운을 먹는 자」의 작가 김재한!
또다시 새로운 신화를 완성하다!

『용마검전』

사악한 용마족의 왕 아테인을 쓰러뜨리고
용마전쟁을 끝낸 용사 아젤!

그러나 그 대가로 받은 것은 죽음에 이르는 저주.
아젤은 저주를 풀기 위해 기나긴 잠에 빠져든다.

그로부터 220년 후……

긴 잠에서 깨어난 아젤이 본 것은
인간과 용마족이 더불어 살아가는 새로운 세상이었다.

Book Publishing CHUNGEORAM

류행이이님 자유추구 ─
WWW.chungeoram.com

허담 新무협 판타지 소설

FANTASTIC ORIENTAL HEROES

검은별

하늘아래 모든 곳에 있고,
결코 사라지지 않는다.

세상은 그들을 멸시하지만,
세상의 모든 야망가가 은밀히 거래한다.

선과 악이 어우러지고,
어둠과 밝음이 서로를 의지하듯
세상의 빛 그 아래 존재하는 자들.

무수한 별이 빛을 잃어 어둠을 먹고사는
검은 별이 되어 살아가는,
그리하여 세상 모든 사람이 두려워하는…

그들은 유령문이다!

Book Publishing CHUNGEORAM

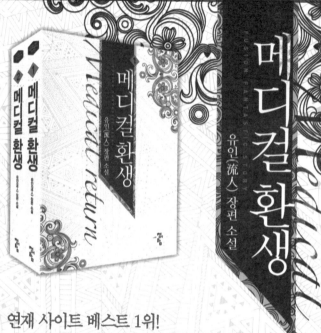